ОДСЈАЈ

ИЗЛОМЉЕНИХ

ПОГЛЕДА

ОДСЈАЈ ИЗЛОМЉЕНИХ ПОГЛЕДА

(збирка депресивних прича о бесмислу)

Владимир Радовановић

Globland Books

Неподношљиво постојање

Ваздух је био испуњен смрадом и тескобом. У девет минута и тридесет осам секунди позне хладноће окови су управљали корацима по разровареној стази. Све је исто, само се мењају облици. Тамни, мање тамни, са оловом у ноздрвама уместо метка који све брзо оконча.

Шест минута и двадесет седам секунди, мање од пола, ту на дохват илузије...

„Изложба” у лавиринтима мисли

Сенка се провлачила кроз ходник мисли. Кроз отвор, затвореног погледа, секла је паучину у клизавом, мемљивом ходнику. Брисала је наталожени мрак, чистила устајалост заборављености. Дотрајале ослонце на зидовима ходника учвршћивала је мишљу на мучан и дуг пут пред њом. Пропустити нејаку светлост, учинити све што се не може учинити.

Он је... Пробуђено мртвим обликом одлутао. Није то сан. Није ни будност. Није. Јесте. Или...? Утонула клонулост, ход у непокрету. Он има све у избрисаном сећању, под катанцем закључано и остављено. Прегршт...

Она, невидљива авет, безбојни и непостојећи облик. Она има силну потребу да откључа, испуни ходнике нагомиланим пртљагом. Брани се изрезаним изразом који се слива низ лице, љутином се брани. Чак се и буди, покретом покушава да каже, да спречи. Опире се немоћи. Она не дозвољава побуну. Убрзано, као бујица, спира прљаву чистоћу ходника, за њом остаје најчистији талог који испуњава простор, лепи се на зидове, „исијава”, буди мирисом.

Предаје се. Немоћан је да заустави оно што не жели.

Врата падају под налетом трулежи. Све је препуно празнине која надире, не зауставља се. Сенка клизи, испуњена силом, за собом води војску ничега. Лепљиви војници остају од тачке до тачке закачени. Изненадни позив, проба првог чина и одложена представа.

Сенка је из ноћи у ноћ скривено путовала. Вешто је скривала повређену леву ногу у сигурном ходу. Под плаштом, завијена десна рука висила је из поцепаног завоја. Прекривен капом, обрис је скривао дуги ожиљак у зарастању. Све је „складно” скривено од погледа, мрак је заштитник. И ове вечери, скривајући трагове, хода по развалинама, вешто, опрезно, научено. Ослушкује пажљиво и најмањи шум. Оставља скривено, на местима где ретки, праћени мирисом суве крви, страха и леденог зноја, потраже, пронађу или…

Не очекује, али још једну крхку наду протегнуће између првог и последњег корака. Зна да под игличастим небом нема одсјаја, али смрзнутим прстима леве руке покупиће крхотине леда, премазати лице и поглед ће бити мање уморан. Мркли мрак ће му спавати у уму, али ко зна, можда ће звезда падалица засијати кроз маглу.

На празној позорници, испод крошњи је плесао. У центру каљуге. Окретао се укруг, све брже и брже… глас је одјекнуо. Привиђење? Илузија? Ум у паду плеса и пад на додир, у путовању чудних покрета чује још једну…?

„Сјајно плешеш! Такав хаос и несклад покрета може бити… И прелепо ћутиш у угушености бујице. Предивно. Читам из ноћи у ноћ твоје реченице. Исијавају у судару таме и магле, упијем их и оне нестану.”

Ћутао је, лицем приљубљен уз земљу, непомичан и пијан од беса. Сасвим тихо се насмејао. Скривено, израз лица у блату нико не види. Снажније се насмејао бришући лице десним рукавом. Сасвим јак и искрен смех, избрисао је болове делова тела. Осећао се блажено, непоновљиво…

„Одиграј нешто само за мене. Избаци бујицу речи које нико не слуша. Учини све што желиш у бесмисленој ноћи и… Ја ћу све избрисати. Учинићу да дан који ће доћи буде… Хајде пожури! Ноћ цури и чаролија нестаје са првим зрацима бледила!”

Пробудио се са другим сунцем које се ушуњало под дрвени кревет. Будан и срећан, није се сећао, али био је срећан. На лицу остатак ноћи, заборављени остатак.

„Чуда постоје. Не сећам се, али лице које додирујем говори ми да је све чудо. Вечерас ћу скривен проћи кроз тунел. Вечерас,

бићу најбољи, покупићу... Прашина звезда стајаће на раширеним
длановима и гледаће месечину.”

Тишина је одјекивала празнином. Кружила је, удаљавала се и
враћала назад. Сва изговорена тишина лепила се по исцепаном
капуту. Био је тужан, огорчен, бес је исијавао из њега. Ноктима
је стругао смрзнуто блато док је ножићем из џепа резао одсјај
месечине у смрзнутој води.

И увек слично, са повременим

Празнина се сударала са обликом постојања. Ништа болно, пролазили би кроз и све би било у реду. Тишина се мешала са бујицом немости, сасвим природно. Непостојећа изговореност, без звука и снаге, клизила би кроз ваздух, а кораци невидљивог саплитали су се кроз безбојност и немирис. Благо би посрнули, али све би било без болних јаука. Складност непостојања у најлепшој слици илузије.

Кише су биле сунчани зраци, клизава бела стаза била је до испуцалости сува под ветром севера. Огољено уснуло дрвеће било је, веселим зеленим бојама, обојено у боју најкраћих дана. Посусталост оловних корака, била је то трка кроз непостојеће...

У поноћ, сенка би се будила и рутином испуњавала рађање новог почетка. С времена на време, у оку би откинула скривени део улице... Пробудила би се на трен, присетила се и убрзо одбацила призоре сећања.

И увек слично. Повремено, мисли би се искрале, залутале, али убрзо би се враћале. Назад.

Путник

Бежао је скривеном стазом повремено застајкујући да би кроз траву провлачио ципеле не би ли скинуо наслаге тегобе. Ужурбано би то чинио како не би заостао и да га авети не сустигну, зграбе и раскомадају.

Уплашен и сломљен, најпре би се предао, клекнуо у блато, спустио поглед и... Чекао кораке који иза долазе. Звук цеви, хладну челичну реч коју неко испаљује у потиљак. То је крај, исписан у једном магловитом дану који се гасио, у тескобном дану, препуном лажи... Није тада исписана претпоследња страница, започета последња... Много пре, у првој суманутој нади у илузију, тада... давно у забораву.

Пустио је сузу, још једну. Из камена се сливало наталожено, скупљано у свакој ноћи бекстава, скривања лица од људи птица са оштрим кљуновима...

Вратио би немост испаљених речи. Сву олакост би избрисао, не би се скривао од облика празнине, грлио би их, држао за руке. Прекасно...

Нестајање заувек, или дубока кривудава рупа кроз коју се провлачи до скривености. Поглед муком уздигнут, додиривао је облак испод звезде... Ћутао је, кораци се нису чули. Хладна цев исписаних речи није клизила по потиљку. Неколико смрзнутих капи висило је на рукаву...

Ноћ се будила над модром реком. Све је било тихо...

Између илузија и илузије

Постојало је некада и нешто... Слике несигурних корака препуних мирисне наде... Нестаје убрзо та слика, пре или касније избледи, изгори или...

„Гађењееее...”, узвикнуо је празнини пред собом.

Заћутао је. Одједном потпуно миран, као да је та реч била довољна да утиша бес, осуши ледени зној на кошуљи и заустави...

Смирено и сигурно корачао је даље. Остављао је за собом простор, а мислима које су плесале на лицу, смишљао је завршетак краја. Лице му се чинило озарено, ни налик себи од пре неколико минута. Или је то вечност? Постоји нешто, сада је ту када га жеља додирне. Није био сигуран у призор краја, можда му се привиђао или... То је био крај путовања? Завршетак између илузија и... преостале илузије?

Осећао се сасвим обично, исцурело... Натопио је суву земљу и... Гађење. Сасвим мирно, без презира, обрисао је илузију руком у погледу испред...

Једини прави час

Ходала је иза, поред, испред, никада није прекидала ритам. Није одузимала наду, није гасила жељу, није гушила страст. Често је била ослонац изгорелој жељи у стрмоглавом паду. Измицала је, сасвим довољно, остављајући празан простор који је био бескрај. Недодирнута обала са друге стране.

Призивао ју је у немоћи. Био је бесан, љут и огорчен. Настављао је да клизи, пада, устаје, да се погурен провлачи између... С времена на време, одвајао је оловне ослонце од тла, пловио је кроз топле зраке и заборављао.

Бежала је од оловних снова, од бунила скривеног у тескоби. Некада, пресецала би му вијугави ход кроз згуснуту празнину, додирнула би га, он би се будио.

У крхком, несигурном постојању, призивао је... Пожуривао је њене кораке, гласно је испуштао немост кроз стаклени зид. Сати су пролазили споро и тешко. Минути су одјекивали као вечност. Тишина је... Нико. Она. Није походио мрак јутра.

Јутарња хладноћа, будила је... Време је откуцавало и тренутак је био. Једини прави час још није одјекнуо празним тргом. Кораци ће избрисати трагове.

Авети, саблазни и искушења

По смрзнутој земљи, журно је скупљао остатке снаге. Потрчао би без циља, сумануто, дивље, невидећег погледа. Ужареним погледом, горео је смрзлу, клизаву стазу.

Низ леђа су клизили трагови поквашеног, покиданог ужета. Скривао је леву руку иза леђа, прстима вешто прекривао одблесак глатког, оштрог... Десном руком је махао кроз таму... У пари, која се дизала изнад његовог лица, речи су се топиле у ватри која је пржила шаку.

Авет, саблазан и искушење, плесали су у кругу. Певали и кружили.

Умор га је успоравао. Све теже је клизио по леденој стази. Био је склон паду који се не догађа, који игра игру надмоћи у којој ни пад није дозвољен без...

„Ако око оштрим и кратким убодом одстраниш... Ако покрет скреће ка... Испалиш хитац, два, три... Простружеш ужарено месо које прљава заводљива крв трује... Ако...", није знао следећу бесмислену реч која ће продужити бес.

Глава укопана допола, лицем у смрзнутој земљи... Тело, које се скрива гледајући у звезде... Све мање је врело...

Буђење или сан, празнина хода
или дубина нестајања

Пробудио се. Свесност стања, непотврђена следећим свесним покретом... Уморна воља нежеље, освајање погледом као доказ, али заустављен. Назирући стање и сусрет са тамом која плива у тишини.

Дан је у гашењу, мисао се надовезује на стиснути поглед. Јутро је прерано дошло или је било који тренутак. Можда ниједно. Као што не зна ни дан, сат, доба, не осећа ни благу језу вечери, ни врелину тела у тами јутра, не зна и не жели да зна. Једино је свестан стања равнодушности које је потврда да...

Нешто се догодило? Празно питање у празној мисли која спава над лицем. Нешто страшно или сасвим уобичајено, испреплетало је мрежу, уловило облик у вешто постављену замку, избрисало је већ бледо сећање и...

Желео је сан. Буђење му је била силна жеља. Ходао би празним, широким путем. Нестајао би проклизавајући у дубину, тамо где га чека буђење. Дубока, чиста вода.

Празне мисли незапамћеног сна множиле су се по резовима лица. Пробуђен, уплашен поглед желео је да сруши зид који се назирао... Несклад воље, плес мисли без снаге, између... Настављао је започето. Трајало је, постајало тешко, неподношљиво...

„То је...”, несигурно је започињао реченицу. „Ово сада, није сада. Ово је отргнуто и мало, сасвим мало ми је потребно да дотакнем памћење, да се сетим, да започнем...”

Снажно и грубо, обема рукама је трљао главу, скоро до ужарености, до бола изазваног додирима.

Неподношљиво, поновљено

Избрисану љутњу натопила је збуњеност, залеђени траг наивне збуњености и благи, горки укус ко зна чега. У стиснутој шаци некретања кроз ваздух, на лепљивим траговима хладног зноја, спавала је прашина покупљена испод многих остатака, отпадака света.

Свестан, чекао је буђење, онај тренутак који ће пробудити непомичност, стање будног сна, покренути и најслабији замах лета. Тренутак када ће расути чудну, стегнуту масу, бацити је у очи четири безобличја која су стајала на свим странама света. Заслепеће урокљиве погледе и одлетети у небо из кавеза.

Ишчекујући, сећао се још једне подсмешљиве демонске преваре. Бујице изговорене празнином ума, душе и срца... Сећао се још једног исклизнућа по глатким степеницама које су се низале дубоко до... И пада се сећао, пада који се одиграо у тренутку надмоћне слабости.

„Неподношљиво је. Поновљено... По ко зна који пут, уловљен сам у мрежу слабости и... чекам јадно и мучно стање свесности, поражавајуће стање. Чекам поклон, тренутак да покренем... или...”

Путовање у путовању

Мартин је отерао буђење. Прекрио је сном лице и наставио да рони кроз сан. Прекинути тренутак није заборавио, тачно се сећао сваког детаља. И време је, дубоко у сну, запамтио. Буђење је нестало, распршило се, излетело кроз прозор у нови дан.

Радосно је раширио осмех и наставио да корача са олакшањем. Весели погледи исијавали су из сунчаног дана, миловали му лице. Плесао је, хитао је... Призор је био непознат, али усхићење блиско. Знао је, то је путовање у путовању, то је сан, предуго ишчекиван, недосањан. Увек би као птица одлетео, али сада, непоколебљиво је уверен да иза призора непознатог... Једном и коначно, заувек, без сумње и замки...

Буђење, уморно од лутања, ушуњало се као крадљивац кроз летњу ноћ. Није доносило поспаност, није га будило да му пожели сан.

Безизражајни израз, прекривен тамом, није се назирао... Тишина је самовала, путовање је ходало, ноћ је била мирна и поредак није био нарушен. Ни хитри кораци нису стигли до краја, иза бескраја. Све је исто, слично или...?

Не(опроштајни) презир

Смирено, са задовољством је избацивао колут по колут дима квалитетне и укусне цигарете. Изабрао ју је као посебан дар и ужитак. Исијавао је задовољством огорчености која је резала простор у погледу.

Лаким ударцима, гасио је скоро изгорелу цигарету. Осмехом дивље звери померао је папир који је једва видљиво склизнуо на ивицу стола. Погледом, уместо оловком, данас ће, час левим, час десним оком, исписивати слова. Никуда не жури, успорени немарни ритам сасвим је добар, обећавајућ. Нема пуно тога, све, или већи део, остаје прећутано. Све, или доста тога, остаће ненаписано, све нормално у поретку је буке тишине и више од тога. Времена је сасвим довољно, јер је садржина која ће остати утиснута кратка, само треба изоштрити поглед.

„Лицемери и патетичне кукавице би цвилели, пренемагали се и одлагали би све. Њихово клизање кроз исцурело време је зов за наивне и залутале да се пробуде, скоче, потрче, зауставе. Они дивљи? Они су и сувише нестрпљиви, они силом ускрате испуњеност тока. А они... Ми, неки од...” — зауставио је мисао на додир краја. Презриво смишљајући реч, пробијајући светлосни траг, желео је, узвишенији презир и гађење, реч која би сијала као симбол.

„Увреда, многе речи увреде, дуге реченице начичкане увредама? То не боли. Како може болети смисао бесмисла? Ћутање? Ту и тамо, ретко. Ретки су изабрани који читају ћутање.”

Рупице на папиру су се отварале складно, једна за другом. Призор додира, ужарене цигарете и...

До краја, иза стварности

Посусталост трагања, одустајање и повратак у пређашњу мисао, жељу, наду... У још једном предугом бекству, опсесивни трагови, уморни ход и додир недодирљивог. И скривена планина испод магле у нестајању, планина из које је...

Слутио је празни, равни завршетак путовања сунца са истока ка западу и празну боју вечери, ноћи. Назирао је исцуреле снове и уморан сан. Није мислио о следећем буђењу. Те лажне варнице, које пружа сваки нови дан, све их је избрисао, једном и заувек. У испруженим корацима повратка, под капцима је успавао још једну жељу, исту али мање сјајну. Ћутке је одговарао ватри у грудима, успављивао је...

Будан у сну, уморан без сна, листао је дневник. Сетио се првог памћења. И другог се сетио, и оног снажног пада... И ледене кише која је опустошила жељу... Лице му се растужи, али увек на страници-слици, на истом месту, у истом залеђеном тренутку филма. Тужни епитаф поразу, поразу који је стотинама пута преживео и преболео.

„Пораз је био неминован", одјекнуо је глас празне собе у пијаној вртешци.

„Пораз није био пораз! До које границе бола се пада да би се додирнуле звезде?"

Глас га није обесхрабрио: „Још један ход искушења, али на све сам навикао и не може ме изненадити хук ветра кроз рупице зидова. Добро знам да то није глас. Зато ћу ћутати." По команди ума, зауставио је следећу реч. Дисциплинован, научен у тишини, знао је да иза не постоји...

„Бојиш се? Или не можеш даље? И узалуд је све. Скупљене успомене, жеље, бескрајна нада, све предуго траје. Ништа, узалуд.”

Ћутао је уложивши напор несвојствен палом човеку. Ћутао је.

„Иза стварности која ти је одвратна... Постоји.”

Препуна празнина и избрисани људи

Пробуђени простор био је препун празнине. У гужви, која је трајала, у мимоилажењу згуснутих покрета у трку, он избрисан, невидљив, откидао је време у ходу рутине. Тужним, невидљивим изразом, убрзаним корацима, запамтио би тек неки, ретки израз безизраза. Натопио би кожу непознатим мирисом „усхићења” или би упио неразговетни звук „среће”.

Хтео или не, морао се сударати са облицима. Скривени путеви су порушени, иза њих је тамна скривеност. Остаје све мање и мање заобилазног и кораци се могу вући исцртаном линијом.

Осећао се тужно и беспомоћно, без избора или са сасвим суженим привидом. Болно, бесно, немоћно и сасвим поражавајуће је... бити сведен на меру. Сасвим удаљен, отпустио је тешке мисли да плове кроз празно вече. У празнину скривености ка последњим остацима ненарушеног... Остајао је сам са немирним миром привида. Ни кратко, отргнуто време, поклоњено себи, немиром испуњено, није покупило капи наде.

Пловиле су скривености, отргнути бројеви и слова статистичких илузија замагљености. Иза видљивог, живело је скривено, оно о чему се није говорило. А тада, у ћутању, то и не постоји или се скрива у ковчезима заборава, закључано многим катанцима.

Није знао откуда то да, из дана у дан, то игра у погледу. У несвесности он је празно уморан, свестан и... Не зна, али назире, бежи, а то га сустиже када се, у скривеном покрету, у тачки нестајања, изгубе звуци. И тада, то се рађа из дана у дан, у одређеном кораку.

Невидљива књига избрисаних, заборављених је све дужа, али... Нема суза, туге, ни најмањег израза лица које би немо проговорило... Да и тако мало, јесте. Звуци и непостојање постојања, избрисали су све. Замрачене собе, умрло тело које не дише, брисање крвавих трагова са плочника. Ледено и безлично лице, обавијено омчом. Било шта, било где...

Истетовираност

Данима је марљиво обављао све остављене послове. У предасима између послова, са сумњичавим изразом лица, поглед би бацао у недоглед. Као да је непрестано запиткивао себе зашто је толико празног, расутог времена изгубио. Није био то разлог љутње. Чуђење, то је тачнији опис стања. Како је све неосетно дотакло претпоследње кораке и да ето, у последњим сатима, све време је довољно, чак га је и превише.

Покрет за покретом, кроз мрак је понављао покрете. Невидљиве и нејасне... Звук се није чуо, само прекривено лице и ућуткани бол без одјека. Тачка по тачка, неприметни покрети, невидљиво спуштена стегнута шака... Зној се не види, али се осећа. Бол не одјекује, али покрет руком, убод дивљег беса, обележавање... исијавају кроз мрак. Крај? Два... Сигурно два знака, не више... Крај је и заостали бол може да испуни простор, али тишина је угушена вољом и нежељом.

„...с...х... може и... Урадио сам то што сам желео. Сада могу преспавати намерно изазван и угушен бол. Сада могу сањати призор и сада могу све. То сам сазнао данас, на брисаној празнини, у одсуству између и сада...”

Одједном је зауставио неразумљиво и испрекидано изговарање бесмисла.

Дубока рупа је допола била испуњена изгаженим лишћем. Успоравао је ход по њој, ход се мерио кратким искорацима. Све спорије, и најзад је зауставио даљу узалудност. Осмехом је додиривао облаке у ниској пловидби небом. Шапутао им је, био је срећан. Сасвим испуњену рупу натапала је киша. Кроз неколико сати, натопљена земља се одвајала од ивица облика. Клизила је и испуњавала облик. Велика бара сијала је под месечином. Ноћне птице су испирале кљунове и гасиле жеђ. Све је било тихо.

Сасвим обично, необично питање

Покушавао је да отвори нове странице бекства. Из лутања, враћао се уморан и склон паду и препун жеље угушене бесом. Из ноћи у ноћ, падао је и подизао се, никуда из зачараног круга тескобе није измицао.

Тешких снова, смрзнуте заспалости, остављао је отиске на старом, распаднутом столу. Бол сваког буђења, отежани кораци, надирући крај, са њима је одлазио у буђења носећи слабу наду у срећу која ће, можда, једном засветлети. У сваку ноћ је уносио мрвице жеље покупљене на странпутицама. Украдени остаци привида...

Нестао је. Постојао је. Превијеном руком, натопљеном смрзнутом крвљу, откидао је сећања, несигурно бележио само њему видљиве слике. Осећао се изабраним да сачува доказ постојања скривености. Лица, понекад озареног, видљивог у пламену дотрајале свеће...

Ништа! Нечујни одговор, нечујни одговори. Хор немих гласова. Ништа. Одговор? Сасвим обично питање, необично питање, пад на поледици и непотпун одговор, одговори.

Свећа се сасвим угасила.

Ни човек, ни...

До последњег насртаја чинило се да је човек. Макар по уопштености, изразу, изгледу, покрету. То је говорио и последњи забележени поглед у замагљеном огледалу, спирајући ноћ. Одбијао се поглед или израз одраза. Умирио је неспокој, повратио накратко наду и...

Ходао је правилно и сигурно. Размишљао је и препознавао све, много пута виђено. Сећања су се будила, препознавао је и памтио давне, заборављене дане, лица са изгребаних постојања. Сећао се и мање удаљених памћења. Она су бистро корачала поред и скоро управљала мислима којима дочекује буђење јутра. Убрзо, све би се распршило, али довољно је, храбрио је себе у збрканом низу, у нарушеном правцу...

Био је забринут. Натопљена мука избрисала је пређашње.

Није се сећао дана иза себе, ни неколико њих свеже угашених, потрошених.

„Гасим се", јетко је процедио.

Ходао је, чинило се као у оловном сну: облици су били далеки и потпуно непознати. Недодирљиви. Чинило се да су руке које је испружио тако далеко, да је све немогуће.

Тужан, брисао је замагљено огледало, остало иза вреле воде. На изгребаној површини непостојећег није било одсјаја који би одговорио на позив. Додиривао је своје лице које није дотакао. У нестајању... Он... Човек...

Иза себе и испред у невиђењу

Да ли је постојало пре? Време иза окренутих леђа, време које је одбачено једном и заувек. Да ли је постојао он? Бесан, љут и немоћан. Машући рукама неконтролисано и нервозно, прогоњен бесом врши јуриш на војску илузија која се скривала иза магле, немоћан да добаци камен, да погоди наказу која штрчи. Желео је да јој унакази одвратни трзај усана који није ни смех ни туга, желео је да унакази ту искеженост. Он. Сам, остављен од себе и препуштен стихији...

„Он!”, дрекну Мартин кроз проређени, пусти парк. Дрекну још јаче и болније у ненадању да ће га било ко чути. „Каква беспомоћност. Какво јадно стање тела и духа. Не видим ни тренутак испред, само испуштам бес!”

Иза мемљивих зидова, тужне очи нису плакале. Нису ни уплашене, оне су само очи. Нежне и питоме, топле, пуне љубави, очи које сањају испред непостојећих, прогутаних година, на клацкалици између... и... На недодир, на невидљивост... Само сан, натопљен сузама које нису клизиле.

Он. Сањао је, чврсто, затвореног погледа. Био је будан. Постојао је у ноћи дана и само је... кроз невидљиве, покретне слике, тражио. Сударао се са њима, додиривале су га, а он их је брисао капима скривености. Одбијао је све. Никада неће бити његове, не жели их.

Долазила је из заборављеног сна, сна сметнутог с ума. Остављеног у лавиринту, спирали. Неки путокази, начичкани, разбацани, прекинути, изнова настављени. Он је. Он није. Она, знала је да пут несигурних мисли може бити збуњујућ. Страст и чежња чврсто и заједно корачају. Иза је одбачено сећање, испред је несигурна нада.

Топли глас који буди сетност додирује кожу. Глас који прошири поглед и заустави глас и ћутање у сањарењу музике речи.

„Дани, да их је више, да је време испуњено тим непознатим осећањем... Не знам шта са собом и са недостајањем потпуности. Умрећу у паду...", испрекидано је говорио. Додиривао је испуњени звук и празнину простора.

„Недостаје ми отисак усана у оку. Негде на ветром шибаном простору, да све лебди и натапа се пахуљама. Само тај сан."

Кроз завејану празнину, клизио је у сну. Мислима је пожуривао време, жудео је и осмехивао се на помисао да је јутро било далеко, а град прекривен маглом. Иза магле, рађао се сунчани дан. „Увек је тако!", будио је себе жељом...

У тачки пролазности

Постоји невидљива тачка. Постоји више њих, али ова је посебна. Не због своје особености, лепоте... Створена је у не(сусретању), изабрана је у суженом избору, наметнута је, издвојена из мноштва. Ни пречице, ни све заобилазне стазе, ништа не може заобићи, макар нека прође мимо додира. Сви путеви воде поред или кроз. Незаобилазно је, ако не у сваком дану, макар тако често да несвесно постане...

У празнику „испуњености”, сенка је кружила не бежећи. Заобилазила је препознатљиво, провлачила се кроз скривено и нарушено, кроз опустошено. Тражила је неке угашене призоре, жудела за мирисима запуштености. Налазила је трагове живота у прекривености. Кроз капију од трња, кроз празнину успорених корака упијала је непостојеће покрете, удисала мирис тишине. Слика пригушене усхићености.

Радосна празнина испуњавала је жељу. Клизање кроз уски левак одбројаног времена, зграбљени простор сачуван од свакодневног заборава, остављен да живи у дану, незаборављен.

Млада жена је остављала иза себе просечен улаз. Кроз једва видљиви отвор, уморних и љутитих корака, грабила је ка дубини пролазности. Лица у благом грчу, затегнутог безизразом, није дозвољавала одсјај пораза. Сенка у ходу носила је слику заборављеног сећања. Печат сличног дана, тренутка...

Изненадна сила

На прелазу ничега у обојено ништа, у бледилу времена, у гашењу пролазног, претвореног у обојено непостојање. Иза утихнулих одјека залуталости, на смрзнутом тлу препуном праха... Искрао се у несаници, загазио несигурно, освртао се и на крају топљења пахуља, са укусом леда на језику... није био сигуран да може заменити неподношљиво постојање за несигурно лутање.

У мислима је понео страхове, избледелост и сумњу. Прекоревао је себе у одсјају тамне поледице, назирао израз безличности. Преварени облик је постао превара. Болне лекције, поновљене лекције, биле су запамћене и научене. Биле су саставни део непостојећег. Безизраз је постао лице, немост одјекујућа речитост, он у хиљадама себе и све у необлику.

Будило се слабашно јутро. Празно и остављено јутро залуталих. Светлело је празно сећање и непостојање света. Спорије, али у неодустајању, корачао је, откидао део по део лутања, мереног мером бескраја. Разбуђено јутро, мера пролазности и звук... Једва чујан, пригушени звук пустоши.

„То је неко. Али то није неко ко може нарушити ову одбеглост.” Храбрио је себе успаваним мислима.

„Бежиш од мене?”, тужни глас пахуље топио се на капуту. Питање или одговор? „Колико дуго лутам, путујем, тражим те. Корак иза твог одбеглог корака...”

„Не постоји сада и овде. Било шта што би...”, ћутећи је одговарао себи. Био је љут на прекинуто бекство.

„Колико далеко побећи? Колико далеко побећи да би се сакрио од погледа који су те уморили? И сви су те отписали. Не верујем у уперен поглед мноштва који тражи и моли се да не пронађе.

Мој поглед, са друге стране, ка другој страни... Шта буде биће. До последње крхке наде. До последњег трагања за жељом. До краја смисла надања. А ти?”

На крају свега, ништа

Неприметан, тих, увек љубазан као сенка са осмехом. Он, нико се не сећа имена, у склањању и неометању, долазио би, одлазио... Измицао би да неко, било ко, не осети постојање. Ретко ко је запамтио изглед лица, боју очију, неку посебну, карактеристичну ознаку. Неки знак, који би се урезао у поглед.

Крај њега пролазиле су уморне, знатижељне празнине. Промрмљале би поздрав или нешто налик поздраву... Довољно је, он не тражи више од уобичајености.

Смењивали су се дани, понављала се доба. Он је увек остао љубазан и неприметан. Можда само уморнијег корака у нечијем погледу, али све је било уобичајено. Ни ретка једнина, ни више њих стопљених, нису препознавале звук умора који је пролазио крај њих. Погледи се нису укрштали, можда би се у избегавању назирала туга или...

Једном, сигурно само једном, учинило се да глас започиње и брже-боље зауставља. Узалуд, клизи глас низ празно степениште, гута га отворени прозор и... У једном јутру, празном и тихом, брзо су избрисани трагови. Једва видљива црвена боја нестајала је под гвозденом четком натопљене сапунице.

Празнина је спавала, и ништа. Баш ништа се није догодило у обичној ноћи. Мирис раног пролећа успавао је успаване. Путовање крика није се чуло. Сувише кратак пут од до... Ни туп ударац, ни сенка кошмарног сна у сновима празнина. Граја пробуђених, тихо шапутање и безброј могућности. Баш као што ништа и јесте.

У гашењу

Брзо и грубо, препун надирућег стања најнижег, грабио је у вртлог. Са „оправдањем” да зло убија зло. Из очију препуних гађења, упијао је сенку, велику сенку, оличење свега што у његовом погледу отискује реч, мржњу. Одбацио је све бледе сенке недостојне освете, разбацао их је непокретом и недодиром. Подизао се од тла, кружио је и... Пао је, лежао је на... није пронашао. Само се истопио, угасио, постао је привид. У ишчекивању, гашењу до новог хода.

Мрак је прекрио лице. Спавао је будан, будан је кружио кошмаром. Срце је ударало, али није пуцало. Очи у ватри, покушавао је да истргне... Све је било ништа и постојало је. Био је сам, остављен и слаб. Преплашен. Још једна узалудна, бачена нада. Бес, он остаје, раздире и гуши.

Узвишени поредак. Постоји? Превага и тас у мерењу, заустављено време и повратак у буђење. Узвишен, нејасан поредак, неприметан, заборављен, кружи и држи несигурне руке, отвара поглед. То је реч, реченица, мноштво реченица или само бледи сјај, једини сјај који успева да надвлада мрак?

Смирен је, тело је опуштено. Очи спавају, кроз ухо клизи музика. Сања, у гашењу се рађа... Све је стварно и нејасно. Једно буђење је довољно, сасвим довољно да живот...

Пролазна стварност

„Мрзим крај дана. Не, мрзим гашење светлости. Не волим почетак вечери!” Гледајући у часовник прекривен мраком, Мартин се обраћао немом сведоку вечери спремајући се да следећом реченицом, потврди, образложи наведено.

„Да, вече...”, склањајући поглед настављао је: „Ноћ је крајње стање, потврда. А у кратким данима, ово... Скупљање бледе светлости је завршено за данас. Угашено и избрисано постојање неће се поновити и... Боже, зашто изнова мучим себе? Постојим, доказујем постојање.”

Мирно се испружио на кревет и ритуално затворио очи. Мислио је о данима без речи, о празном ходу и наталоженој тузи. Неко би помислио да мир влада њиме, у њему, јер нема наглих и грубих покрета, нема ни трага истини да је све привид, космичка борба добра и зла, одбрана радосне жеље пред најездом тешке туге.

Притискао је рукама затегнуто тело да не експлодира. Скривао је беспомоћност, гушио је у грлу крик да не излети неконтролисано, да не покрене...

Иза затворених очију, извирала је пригушена тескоба. Скоро да се претварала у капи, а оне су постајале бујица или налик њој. Мисли су клизиле док је покушавао да се присети када је последњи пут???

„Да ли се сећам? Не. Да. Било је тако давно, кратко, споро и непостојеће... Отргнуто и...”

Уплашени поглед, једва приметан, кроз мрак је покушавао да... Тамо далеко... На корак од...

Путовање кроз многе дане

Густи снег, рани мрак и свесност бесмисла. Наталожене тамне слике и тело, прекривено у скривености. Мучни и тегобни тренутак. Још један дан кроз који се треба провући, утонути у сан.

Мартин и непостојеће постојање. Он и празнина закључане испуњености, он и немогућност нестајања. Он и непостојећи циљ, празно и превртљиво постојање, гађењем зачињено. Мисли доведене пред пуцање, неподношљива мора која гони и не сустиже... Иза је степеник пада, успореног и стрмоглавог, игра надмоћи у којој је поражени унапред обележен.

„Пробуди се... Немој умрети бекством... Молим те...“
Глас је утихнуо. Удаљио се, невидљив и нечујан. Нејасну мисао није ни започео, успавану, тешку мисао.

„Дуго сам путовала...“, изнова утихну глас, али није се удаљавао, као да стрпљиво ишчекује отворени поглед. Мартин је ћутао, разбуђен, сасвим будан и посматрао рупицу у испуцалом зиду. Тај поглед као да...

Сетио се да је ишчекивао крај путовања. „Да ли је то?“ Започето једним погледом заустављеним пред бетонском препреком. „Авети...“

„Да то је дан.“ Глас пресече сумњу и сваку његову мисао.
„Ти си...“

„Ја сам. Нисам могла доћи пре. Зид је био превисок. Желела сам, али пребрзе жеље се брзо угасе. Истрајне мисли живе, памћење у оку, срцу. Стрпљиво дуго путовање...“

Одједном, ни налик умртвљеном телу, стајао је пред њеним гласом.

„Ти можеш све од овог тренутка. Могао си одувек... Само, немој ме уплашити силином страсти, одломљеном сузом која се може претворити у... Лажем, можеш све, заувек... До краја звезда и...”
Зграбио је глас. Подигао високо одсјај... Звезде су биле на додир.

Кроз сасвим уобичајен дан

Згазио је чврсто и несигурно на наталожено блато широке улице. Оставио је први, бесно отиснут корак. Испод ципеле је био отисак понетог гађења. Чврсто је клизио низ стазу.

Бледу вечерњу маглу слепио је на дрво при паду и наставио је... Даље? Помислио је и потражио крај почетка. Почетак краја или...

Пожелео је да угледа дуго заборављану скривеност. Скривеност у дубини скривености, коју понекад упије и отргне од заборава, врати на почетак исцурелог времена.

Преплашена јата птица бежала су из украденог дана. Кљуцала су му мисли са безбедног одстојања. Хорски су певала кроз лет сумрака... Рукама је бранио поглед и хитрим корацима прескакао замке. Скривен испод оголелих крошњи, у неизразу, клизио је даље.

Збуњен и напуштен, прекривао је модру реку дахом. Испарени бес и страх личили су на подерани прекривач, делић вечерње влаге. Загазио је неколико корака, остављајући видљиву обалу... Брзо, најбрже прегазио је лаку и брзу бујицу и...

Ходао је несигурно, оловни кораци утањали су све дубље и дубље. Није памтио пређашњи тренутак, ни онај први започети... Знао је, да ништа не зна и да се не сећа. Кроз сасвим уобичајени сусрет угашеног светла и блештаве таме, кроз сасвим уобичајени дан...

Одсјај у бари

Поцепана кеса из које је вирила књига, путоказ који усмерава његову немисао у непокрету. На тренутак, помислио је да је лагани терет превагнуо, подигао до облака оловну празнину. На тренутак, смисао у стиснутој шаци десне руке покреће борбу. Узалуд, натопљена оловна празнина је одбацила све муком учињено. Наталожена тескоба, бес... Непрекидне траке у сећању прогутале су све видљиво.

Кораци су били лутајући, кружни и бесмислени. Круг се сужавао у сваком новом покрету и постајао је тачка. Равна линија се издужила, мрак је био тамнији и свака видљивост је бледела. Под корацима се није назирао пут, само су одзвањали ударци распршених капи.

Упирао се да дотакне облак. Облик је изгубио смисао, легао је и покрио се устајалом водом. Заспао је у одсјају, високо изнад ноћних облака... Одсјај је био видљив под звезданом прашином, а огледало бескраја је сијало најсјајније што може. Бара је била мирна, без таласа. Последње капи одавно су испуниле кревет облика.

Обавештење о нестајању

Последња кап леденог зноја слила се низ нос. Засметала је, пробудила је око у сну. И ухо, било је спремно да саслуша тих неколико немуштих речи.

Једно мучно и тешко путовање се брзо и лако приводило крају. Сасвим мирно и лако, ни налик последњим скривеним путовањима. Тек тако? Сасвим уобичајено и без бола. Крај у тишини, далеко од погледа скривеног у последњој мисли.

Сенка, заклоњена иза магле, провиривала је иза ниског облака. Чврстим потезима, наносила је на комад искрзалог бетона уоквирени папир. Оквир црне боје је одударао. По белини су исијавали знаци, складни у оквиру црног.

„Сасвим довољно”, заусти облак кроз капи.

„Све потребно је стало. И сада, руку под руку, можемо кренути.”

„Ја ћу сада пловити”, разливао се глас облака.

„Не. Идеш са мном.”

Врата тврде храстовине су прекривала светлост. Звук последњег закуцаног ексера закључао је мрак...

Вечност која је била јуче

Скривен у вагону, ишчекивао је да се покрене уморни воз. Иза затвореног погледа, видео је јасну одлуку, исписану у сну. Истекло је мучно и дуго време, иза је вечност. Залеђена, неиздржива. Сећао се, све се састојало у искрадању кроз мрак, у ходу по пустоши непознанице. Све су били спори кораци, рађани у скривеном, нежељеном... Бекство од бекства, кругови парадокса.

Несигуран је у себе, одлуку. Верује у њу. И тако, из тренутка у тренутак, опречности чине немогуће и могуће...

„Не знам и проклет сам у својој сломљености. Као плес по леду, такво је све ово. Јутро у које ћу као лопов ушетати, прекрити се маглом. Јутро које морам дочекати по сваку цену, по цену живота... Радосне жеље... Мучно је... Како сам слаб и несигуран. Скривам се испод наслага избраздане скамењености. Нада, сумња, постојање, трагање...”

Сенка се прикрадала на врховима прстију. Најзад сигуран, прекрио је рукама очи које није видео, али је знао да су то те очи.

„Дошао си.” Сасвим мирно, са разливеним задовољством, са сигурношћу је изговорила. Није се окретала, мирис промрзлих прстију, отисак коже коју памти, знала је да то само може бити...

„Ниси дуго чекала?”

„Не. Јуче си изашао из покрета, наставио ход? Успоравала сам и заустављала се на разним улицама. Оставила сам ти довољно времена да стигнеш на време.”

„Чинило се да су године прошле, да је заборав прекрио кишну ноћ... Искрадање из аутомобила у покрету... Мислио сам да је читава вечност протекла и...”

„Страх у теби? Зашто? Помислио си...” Зауставио је реч. Наслонио је образ на косу. Посматрао је сунце које се будило изнад моста.

Дани који нису живели

Ускоро. Убрзо. У ишчекивању које путује споро и... Истином исписано, са жаром изречено, у вери и нади да речи... Траје као нада или путује кроз простор и време? Али илузије са друге стране месеца, тамне стране која упија и убрзава слом наде, као одјеци горуће страсти...

Заборавио је колико је празнине препловио кроз маглу, колико је бескраја препешачио носећи упијену мисао кроз огољене просторе. Не постоји крајње, последња тачка, не постоји сила макар и огољена, брутална која ће избрисати...

Себе је једном избрисао. У скривености је лутао, трагао, није одредио време и повратак као могућност. Отворени крај, недовршена празна књига ваздухом исписана, оставио је свет који је познавао, који није никада разумео. Свет у покретима, низовима, празан и бесмислен, стваран свет. Није могао без огорчене одбачености. Клизио је по леденој развалини. Ушетао би и сасвим тихо се враћао, није био зачуђен прекинутим.

„Илузије. Слатки привиди. Храна бесмисла и неодољива потреба... Све је исто и све је другачије. Нешто је непостојеће и живи у ретком сећању. Неки су отпловили. Мирис видљивог чини се сличан укусу оловне горчине. Чему свееее!!!”, одјекивала је тишина низ корито вијугаве реке.

Ускоро. Bel tempo. Стрпљивост привида ће бити награђена.

„Празник"

Уплашено тело нестајало је пред најездом сенки. „Празник" мрака и ватре, огромна колона која се повија са брда на брдо... Страх у погледу невиђења. Панични страх у очима настао од језе хорских урлика. Плес апокалиптичне ноћи, трагови у нестајању. У последњем тренутку истргнуто тело из канци и бесповрат у угашену тугу.

Плакала је, пригушено, тихо. Да не пробуди звери, да звезде не осветле лице. Без циља, са циљем и одлуком, додиривала је врховима прстију прозирни мрак. Само додир потребне сигурности. Снажне руке којих још увек није било. Прерано? Или у правом тренутку у одступници.

Покварени, нагорели аутобус заглављен у магли. Никуда даље, а време исцурело. Зној и мука као змија у стомаку, бес и ватрена неспокојност да неће стићи... Чекати недочекано, кренути узалуд или...

„Ако заспи у беспомоћности?", одзвањала је помисао.

Тело је заронило у вртлог. Ломило је таласе у жељи да не поклекне. Будила се, глас из воде је умио страх и дозивао је...

„Није закаснио. Он никада не би закаснио..."

Низ улицу

Кришом, избегавајући случајни судар са медицинском сестром или неким залуталим пацијентом, увукао се у последњу собу са леве стране. Још једном је добро осмотрио да ли се у близини налази неки нежељени поглед или се назире глас.

У празној соби, на једином испуњеном кревету лежало је његово тело. Пришавши на додир руке, без посебне жеље да проверава шта се крије испод покривача, само је зауставио дах и посматрао да ли је жив.

„Да, жив је. Жив сам. Нека је све ово последња борба да се откине време...” Примакао је столицу још ближе. Скупљао је снажне и брзе капи које су се одбијале од прозорског окна. Залеђени, заустављени поглед је трајао. У њему су се читале само жеља и изгубљена мисао, одсутност која у тренутку опушта, брише све.

„Умирем. Време се расуло као прашина, све изгубљености и промашаје потрошио сам и стиже праведан крај. Узалудност и треба да заувек буде избрисана... А оне реткости које су обележиле повремено постојање у узалудности, нису довољне... Немам за чим жалити. Једино, нисам желео овај призор, ову наопаку слику коју сам носио са собом. Штета, бар да је крај другачији...”

Настављао се сопствени гнев у свађи са празнином. Време на концу постојања, а не одлази. Нестајао је иза разлупаних врата, остављао шкрипу и проверавао чврстину ограде која је била у паду. Прескакао је по два степеника не губећи време, исклизао је кроз излазна врата... Низ широку мокру улицу...

Ход непостојећег облика

Несигурно, облик је закорачио. Са повезом преко очију, ватом у ушима, без идеје и жеље, кренуо је да осмисли непостојеће. Облик није чуо шкрипу гума, ларму помешаних гласова, није знао које је доба дана. Није осећао ништа по кожи, у мислима. Никакав мирис, укус није постојао, ништа што би изазвало осећај пријатности или гађење.

Није осећао умор. Није знао да ли је у покрету празнине превалио дуг или кратак пут. Упорно је покретао празнину. Руком је избегавао замке сударања са мноштвом постојећег. Вешто је заобилазио пролазак кроз празнине, избледеле мисли, празне погледе. Мириси постојања нису се осећали, а сигуран је, тако му говоре успорени покрети ничега. Плес празнине траје, сасвим дуго и довољно да изазове било шта.

„Не даље, крај је! Ова тачка је оно што не знам шта је, али не даље...”

Ходао је без повеза на очима, без затвореног звука, са идејом и жељом. Непостојећи облик, у посматрању ничега је осећао повратак. Ход између ничега и свачега, ход између подвојености, ход између...

Зид који није постојао

Радознали дечак је сањарио лутајући. Немирне мисли и око у хитром лутању из дана у дан. Порушени зидови, голо и смрзнуто камење, призор страха, чаробни призор наде и ишчекивања. Ишчекивање и кораци који се провлаче кроз огољено уточиште.

Јака светлост растерала је мрак, осветлила ход низ степениште. Тренутак краја почетка. Осмех и узбуђење, страст и нагон, до краја распаљена радозналост. Дочекао је... Покупиће светлост, тишину, страст и понеће их са собом. Ћутаће заувек или до тренутка... Зид је нарастао. Неправилан, суморан и застрашујући. Натопљен лажима, крвљу, зид расцепа. Насилно омеђен, рајски врт у корову.

Лутао је. Изгребаног лица, испрскан крвљу невиних сенки... Кидао је голим рукама уз болне гримасе, отварао прозоре наде, отвореном пространом погледу пружао је руку. Падао, подизао се, одустајао на тренутак или заувек. Сломљене наде, угушене жеље пред минским пољем зла, вапи и подиже руке ка небу...

Огромни зид, трошан и потамнео, раздвајао је два тела са две стране постојања. Гласовима су размењивали погледе. У небо препуно звезда су испуштали слова, реч по реч... Свакога дана, у недоговорено време, остављали су на зиду нерођене жеље. Наде је мало, скривене у смелим жељама, једва видљиве...

Зид је нестао. Тек тако? Нестао или ветром избрисан, да ни траг не остане? Чуда се догађају! Радознали звук, ход из скривености, хита ка уточишту. Руке радосно плешу у ваздуху.

Последњи бег

Мартин се спремао за јуриш. Горућом мисли, покретао је тело на буђење, на још један покушај. Дотрчаће до кавеза, голим рукама покидати бодљикаву жицу по цену крвавих трагова на рукама. Учиниће све!

„Доста ми је лажне, углађене чистоће. Превише је празне учтивости немих пролазника. Гађење ми изазива силом угашена страст. Мрзим себе и безброј пута препешачену стазу. Више немам куда, све је виђено, познато, препознатљиво. Сада или никада, последњи покушај или крај.”

Блатњавом стазом, препуном рупа и скривених замки, сенка је корачала. Сигурност у непознаници, пут без краја и крај испод бледог скривеног месеца. Узбуркане страсти, трк и мноштво нечега разбацаног по скривеним плаштовима ноћи. Тихи глас, све јачи и јачи, крик и узбуђење, све је одјекивало по пространој празнини слободе.

Бледи непрепознатљиви лик се примицао лепршаво плешући. Путоказ, циљ, глас пуштен из ока, глас као суза која се котрља у чекању. Дивљи свет је ћутао, а сенка је и даље корачала. Спремљена постеља, топла и миришљава...

Мост

Наталожена магла замутила је поглед. Успорени ход, као знак да нада одлаже бесмисленост, ишчекује. У чудној ноћи, машта и снови нису доносили нестварне облике. Скривена јата птица у ниском лету, жеље, утваре у заседи и он.

„Мост привлачи моје кораке, све до последњег. Вечност? Тај украс никада нисам пронашао у бекствима. Тешко сам испустио сопствену тишину.”

Мост или? Кључ вечне пролазности за којом жуди, сања и не проналази је. Настављао је даље. Мисао је ишчезла. Мисао је била жива. Уобичајеност се будила, успоравала или убрзавала кораке, заиграла би и нестајала. У беспризорном и јадном призору учмалости, одвијала се величанствена и мучна борба. Једна чежњива мисао наспрам војске непостојања. Тихо, без буке, у борби за ум, душу...

Испод магле која је пливала под месечином, у тачки и никуда даље, стајао је нимало уплашен од непознатог, нимало застрашен и беспомоћан. Ишчекивао је призор облика, хук брзе и тамне воде у уху и...

„Нисам залутао. Моје тело каже да нисам залутао и нимало страха не живи у мени. Ја сам сигуран у себе, било би смешно у неком другом тренутку, али истина је. Осећам страст у недоба, осећам силину жеље и летео бих. Збацио бих све са себе, пробудио бих се и потрчао. Али...”

„Само очекујем и корачам у сусрет.”

Било би превише, мисао је кружила око погледа.

„Песма сирене? Пријатан глас... Мост. Без имена је, само мост.”

Искорак

Убрзани и бесни, немоћно љутити корак, покрет бржи од успорених у сударању. Исто или слично време, доба. Остарело време прогутаних година, још једно понављање бесмисленог трагања.

„Све је... скоро све”, процедио је кроз зубе избегавајући још један могући судар. Пратио је кривудаву линију, мењао је смер, враћао се и изнова претрчавао улицу. У завршетку бесмисленог, мирисом беса испуњавао је груди.

Скраћени дани и мирис киселог ваздуха као да су успавали мисли. Питао би се куда? „У походе скривеном? Колико пута треба да поновим све!? Иза је ништа, све је тамо, а ја сам ништа обесмислио.”

Одбијао је да крене у примамљиви одраз, на још једно дуго путовање. Досадан и мучан је театар испод голих крошњи. Све је познато и у свему не постоји нада у избор неочекиваног.

Скривен, посматрао је свет убрзане илузије. Кроз изгорелу цигарету између прстију бацао је мутан поглед до краја, иза, до тачке где нестају облици. Спасоносна мисао никако да заузме престо гађења. Кисели мирис и тешке наслаге пловили су ка судару са светиљкама. Потпуни осећај гађења, врхунац, заблуда да у бесомучном трагању ишчекује.

Заборавио је сан. Није ни био сан, била је то изневереност. Заборавио је реч, речи. Све је заборавио, као да се догодило у изгорелом времену, а не у најсвежијем буђењу.

„Странац сам. Не препознајем све видљиво што живи у погледу. И, која је ово стаза? Мравињак, окупан бледом светлошћу.”

Скривени месец у стопу га је пратио. Он-сенка је покушавао да се пробуди и додирне капи лишћа. Са тамне стране улице, на западном ободу града...

Будни живот и сан

„Та звезда, она дању спава. Посматрао сам њен сан. Другима је то будни живот, а знам да је то сан. Она живи ноћу, тада је скривена... Зашто ми не верују?”

Јутро, дан није био за ход по њему. Та мисао иза затвореног погледа, сан између сна и буђења... у Мартиновој полумисли, недовршеној и нејасној.

Није се трудио да отвори поглед ни после виђења назираног. Довољно је полуосећање, несавршени, изгубљени инстинкт, несигурна одлука. Настављао је, продужио даље. Разбуђеност и плес ситних сумњи није му доносио мир, макар толико да прекине апатични сан, да се игра са њим. Некакви непостојећи додири, клизили су од тачке до тачке по лицу. Мењао је вијугави, троми облик у покрету без посебне жеље да замахне руком, отера незваног госта.

Рашири поглед у таму лица потиснутог у невидљивост. Разбуђен, апатичан гледао је неодређено. Поклекао је, не стиже до краја у свом науму, у нежељи препознавања уобичајености... Прескочиће време, можда се и разбудити, даће све од себе да устане и „ужива” у приређеној илузији.

Овај дан не мора бити пресликан погледом у сунце које се весело поигравало, као да је налазило дуго тражену тачку ослонца. Овом дану додаће баналност, подеране панталоне, старе патике које ходају на пронађеном новом путу. У торбу ће ставити веселу, радосну празнину и дан може бити сасвим леп. Само да рутина не промени ток неизвесности. Руком на устима ће зауставити речи, као у дечјој игри.

Са друге стране непостојања сијала је једна звезда. Увек дању, живела је под светлошћу сунца и гасила би се са првим мраком. Необично и изненада ушетала му је у мисли док је муком извлачио кораке из житког блата. Погледима које би отргао у покретима између, помислио би, потражио је и хитро се враћао у глиб.

Кроз непрепознатљиву стазу корачао је, застајао у густој трави и скидао наслаге блата. Кроз ухо му је клизила песма, такт по такт мелодије. Кроз поглед левог ока, пловила је и нестајала. Раширио је длан окренут сунцу, проверавао је да ли то капи раздиру дан...

Кавез

Одбачена и недовољно вољена, тужна и на граници постојања, живела је у покопаним и хладним успоменама. У заборављеном сећању, отргнутом и угашеном. Скривајући набујало незадовољство, ходала је кроз време омеђено кавезом. Украшени кавез у коме је увек последњи корак долазак до „трона". Сањала је скривено, на махове, на покидане покретне слике. Сањала их је чешће, страсније. Није желела илузије, желела је...

Он, покретима жив, уснуо у оностраном. Корака до краја, где вапијуће призива мрак и поновљени мрак, време које је заустављено. Није стварао мисли, угашене су. Повремено, отворио би око, или оба... Премало, као знак видљивог постојања. Повремени звуци отежаног дисања, бледи и неуверљиви доказ постојања.

На ивици пада, посрнули, ужарени поглед... Зграбиће га, подвући под тело у нестајању, оживеће га. Припадаће њој и биће забава свакодневног беса, за игру, празнину, пљусак...

Будио се, осећање да је потребан, последњи корак наде и изгубљене жеље. Подизао се, отварао је отворе света који је избрисао. Она прва, следећа, последња мисао. Привид и жеље.

Радосно и злобно, чедно и сурово, плеше у кавезу. Смишља. Игра је покренута. Осмехује се на недовршену мисао, ниже слике издвојеног сећања. Изрезане делове оставља по траговима. Она зна да постоји она...

... Жеља. У охрабреном буђењу живота себи шапуће. Замишља себе на покиданој траци. Зна да она зна и да је то дар који заслужује.

Дубоки трагови. Збуњен, не зна куда даље. У бекству је без смисла, у потрази за... Збуњен је и не препознаје страну видљивог света.

Снег је, и није звездана прашина по њему и око њега.

Избрисаност

Соба је била испуњена устајалим ваздухом. Кроз отворени прозор улазио је нови устајали ваздух испуњавајући зидове успаваног мртвила. Већ сасвим испуњен простор могао се сећи ножем и коцке устајалости, правилних или неправилних облика, могле су се сместити у суседну собу. Он је бележио, попут магацинског радника, сваки нови облик устајалости. Повремене радње, нарушавале су ритам и удаљиле би га на тренутак. Све би брзо обавио, углавном савесно, и понекад би украо тренутак и скратио време. Био је добро обучен за посао и један од ретких који може и зна све то. Био је срећан због чињенице да се нико и никада, то му је памћење говорило, није пожалио на његову посвећеност.

Заборавио је када је неко, макар из пуке радозналости, дошао њему, бар да се увери да он постоји. То му је корисно, то стање давало му је неслућене могућности да ужива у избрисаности и забораву. Могао је и да се искраде, одшета, чак закасни — све то би прошло неопажено. Повремено, на тренутак био би тужан. Осетио би сопствену непотребност, али нелагода би брзо одлазила.

Мрак је мирисао на устајалост. Скоро сасвим је испунио дуги ходник. Кроз отворен прозор испуњавао се простор, ваздух се лепио по видљивој устајалости. Мирно је спавао.

Вртлог

Пробуђена радост граничила се са идиотски наивним задовољством. Из сата у сат, понављао је упијено стање екстазе, стање које је у часу избрисало све. Стање које се претворило у крила којима је махао, подизао се до највише тачке. Један свеже одигран тренутак, најсјајнија светлост илузије, једно предуго ишчекивано, недосањано стање.

Нестрпљив, на завршене речи није остављао празнину, будио је и хранио угашену неодољивост, није допуштао ни најмањи предах. Грабио је, отимао сваки празни тренутак и настављао. Врели дани су текли, протицали у ишчекивању и нади, у судару набујале страсти.

Плашио се да заврши остављену помисао, започету у седамнаестом кораку, покрету, броју који ништа не значи или је граница? Тачка! Брисао је сумњу не прихватајући ни зрно пада, разочарања. Веровао је, желео је да верује.

Први кишни дани, већ заборављени степеник, број на стази који се не види. Сумња у покушај и посечена врелина. Слике-речи, замагљени лик, глас очајања и буктиња наивности. Нису плесале речи, изнуђена уопштеност разбудила би избледелост рутине. Кроз пригушену потискиваност, скривали су се знаци, могућности и ништа више од обичности празнине.

Вест о великом губитку је скоро сасвим покопала наду. Набујало, водено пролеће сударало се са свим препрекама, разарало. Нагнут над стубом, посматрао је вртлог стихије. У мислима, смењивале су се оловна туга, немоћ и дани које није желео. Преспавао би их, као и многе. У вртлогу, губила се и нестајала слика, у замућеном погледу скроз избрисана, апокалиптични тренутак...

Тромо и отежало тело вукло се у врелом и испаравајућем дану. Наслућујући лик отежалих корака бројао је време, прегажено време.

Мартин

То што се дешавало није ни уобичајено, ни свакодневно, према мерилима мноштва можда и ненормално. Мартин се није обазирао на чудне и скривене реакције. Живео је вијугаво, искривљено, скривено, али са надом и огромном жељом. Горућом страсти?! Сопствену и исконску сумњу је одбацио, оставио је по страни, чврсто решен да овога пута мора бити до краја или никако. Започео је путовање, путовање повратка или суноврата.

Дани су цурели, бледели, нестајали. Прогутале су их вреле вечери, спирали снажни пљускови, избледела дуготрајна светлост. Није одустајао, решен да не дозволи сумњи и одустајању да замагле лик, прекрију га, избледе, угасе. У сваком буђењу, сасвим непрепознатљив себи, са широким осмехом, храбрио је себе без извештачености. Осмехивао се одразу и корачао.

Исконски он, одустао би у давно заборављеном тренутку, после неколико подвала, али пробуђен он не одустаје. Зна и сигуран је, чека стрпљиво. Искривљена раздраганост одбацила је све насртаје уобичајености. Некадашњи он, упао би у дубину туге, затворио би очи и патетично туговао, али нови он осмехује се са презиром, инати се, води борбу и не посустаје.

„Почиње? Да, овог тренутка почиње!", весело скочи и запљеска. Скоро да је започео ритуални плес, плес страствене испуњености. Покушава да се присети колико дуго... махну руком, као да себи говори да је то небитно сумња-питање.

Низ, низ ишчекивања је трајао, будио, прекинут је, заустављен. Заустављајући плес, подигао је поглед, посматрао, продужен тренутак је трајао и најзад... Израз среће, исконске среће.

17.40 можда и пре или касније

Умор је осећао, али није желео да одустане. Већ сатима кружи, лута, оставља иза себе призоре, скрива се и заварава трагове. Зној је натопио кошуљу, слива се из кратко подшишане косе. Не одустаје под теретом умора, отежалих корака и жели још. Још много корака док мрак прекрије све. Немир га гони, сат откуцава 17.40! Поново то време, понавља се у сваком дану и погледу. Та мисао га узнемирује, знак је? Подсећа се да увек ти бројеви исијавају, као неразумљив путоказ. Случајност? Не постоји она, ово поновљено опомиње, прети забораву и враћа уназад. Изненадни, поновљени знак га нервира толико да би се зауставио, окренуо, скинуо сат са руке и бацио га. Узнемиреност се претвара у опсесију или у нешто горе.

То време одзвања у мислима. Покреће... Врели дан, некада давно, да ли се догодило у противљењу и супротстављању? Није желео тај дан, не жели га у премештеном стању и облику. Није послушао глас који увек наслути невољу. Памтио је врелину која се слива, непријатне мирисе које је упијао у расклиматаном аутобусу који га је покупио на разваљеном друму...

Поглед, морао је заувек остати. Такав поглед се уреже. Било је 17.40.

Памти бујице и... Данима су преливале градове као да се стихија никада неће зауставити. Гомиле у бекству, и то памти. Он је сулудо пркосио, ходао између вртлога и крајње тачке последњег сусрета. Инат је избијао у пари из главе коју је хладила обилна киша. Прескакао је баре, мучио себе до сулудости. Последња жеља му је: мора бити последњи који је...

Кишним погледом посматрао је гашење. Трајало је као вечност, сатима, данима... тренутак... 17.40! Четири броја која ништа не говоре и која све значе. Залеђен поглед стреља тугом... Сат није бацио. Није одустао од уграбљеног бескраја. Знао је...

Огољеност

Под смрзнутим мраком, клизавом празном стазом, корачао је скривени човек. Сасвим далеко од других, сасвим далеко други од њега. Скривао је себе, уморан од узалуд испричаних прича, од скривених погледа, о које су се одбијале речи. У једном заборављеном тренутку, зашутао је, искрао се и оденуо невидљивост.

Дани без подсмеха, непрепознавања били су лаки. Нису постојала скривања, речи нису биле отров и све је било како треба, он је постојао у непостојању спољашњег. Са миром у привиду навикнут је на све. Живео је изнова, постојао је. Трагао је и налазио је нове скривености, мир у немиру био је довољан, толико да се искраде и у следећем јутру, дану...

Покупио је још једно вече са трпезе, мирно у рутини навике, сасвим мирно. Са бесом свесности покушавао је да плови кроз сан. У тренутку слабости, сетио би се и... Одбацио би помисао и прекорно би узвратио помисао, да једном и заувек тачка је стављена.

Немир је немир. Мисао која клизи из дана у дан и не напушта. Немир је и призив... Да похита скривен... да иза прве мисли искочи из збрке... Ум зна, да... Наслућује и не спава иако на граници је.

Слика исијава, мами, опсена је и истина. Истина је, јер он жели да опсену претвори у истину, да јој се диви и... Нема глас, не може, кључа и као звер би скакао, али... Исијава још јаче, заслепљује и говори. Он, жели да лаж и опсена је истина. Његова, угашена, постиђена истина-жеља.

Буди се и чека. То неразговетно, нејасно, он је сасвим јасно чуо и себи може од речи до речи поновити. Он зна да јесте или...

Буди се, али то није јутро и... Протеклост мере не препознаје нијед ан знак и доказ. Он и даље сигуран је да чуо је и да све од речи до речи може поновити.

Не, покретом главе говори не, или само немоћно покреће са једне стране на другу клатно мисли, зидни сат сећања? Не, није чуо... Не, он не пристаје да... Два облика у једном покрету, да и не, и оба су...?

Осенченост

Невидљиви је невидљиво живео, кроз невидљиво време, у невидљивом простору... Све је постојало, ништа није постојало. Све је било и ништа није било. У сећању, мерио је време, али оно није постојало, било је заустављено, сат је сломљен, и време је заустављено. Забрањено му је да цури, откуцава, да доноси сунце, вејавице и кише...

Невидљиви се сакрио, иза невидљивог застора, осенчио је видљиво и покушавао је да се навикне. Није му ишло, шупљине застора, нејаке су биле да зауставе заустављено време које се провлачило, наносећи капи, врелину, вејавицу или било шта заустављено, забрањено, укинуто или избрисано...

Уморан, ископао је дубоку рупу. Таман довољну за угашене снове, себе и непостојања. Довољно пространу, да све жеље и снови у миру могу сањати... Сањао је... Бројао је време, није га заборавио, жив је и памћење, снови нису угашени... Кроз покисло лишће покривености, одјекивали су груби кораци оловних корака. Земља се осипала, пространост скривености из дана у дан претварала се у скученост, тескобну недовољност и... Пузио је између травом обраслих змијарника, клизио је претворен у њих, вијугав сличан њима... Кораци оловни нестали су у уху.

У невидљивом кутку, невидљиво удаљеном, невидљиви од трошних цигала, крхотинама изломљеним, зидао је хоризонталну кућу. Сасвим довољно издужену, у коју се могло сместити тело издужено од одбеглих корака. Последњим комадићима одбачене отпалости, завршавао је невидљиву „грандиозност”... Изнад постојања, последњи комадићи трулежи, затварали су видљиву невидљивост... Коначно крај, мисао да избегао је последњој замци и...

Будио се, мокар и уплашен... Под најездом нечега невидљивог, гласова који су одјекивали... Зазидана скривеност отпадака, рушила се...

„Одлука"

„Данас је дан...", гризао је доњу усну, и по такту нервозних уједа исписивао слово по слово збрканих мисли.

„Сада? То је било и јуче... И пре десетак дана и... Прошле јесени, која се пребрзо претворила у ледену зиму... То је било и у најкраћем дану. У предугој ноћи, никада дужој, мучнијој, тескобнијој..."

Уплашено и нервозно, празно и у грчу, хистеричних непокрета и пребрзих тамних мисли... У кругу у којем се вртео, пробијајући границу, тачку пада. „Одлука", смејурија, празна наметнута игра без решења и...

Наслоњеног чела на зид, у полусавијеном положају, колена која клецају и ближе се поду. Као да је желео, да хладни зид пробуди свесност, смири га, изговори речи, да кроз пукотине прострује иглице... Да снажно распарају поре, рашире кожу. Да крв потече и избаци отров и...

Рукама је стегао уши. Не жели никакав звук пролазности, бежи у остајању и заустављању времена... Колико лудости, исхитрених и немогућих идеја, мисли и ништа. Ни најгора мисао не долази у затворени поглед.

„Ужассс. Ни најсуморнија и најглупља мисао не може изрећи одлуку! И овај сат...", окретао се тражећи га погледом... „...сат? Нема га. Не откуцава. Време не постоји, не знам како, али не постоји."

Пређашња мисао као да га је пробудила, охрабрила. Усправио се. Одвојио је чело, спустио руке, осећао је... Нагло се окрену. Празно је испред. И са обе стране погледа. То му измами и осмех, нејак, али осмех. Олакшање, као да...

„'Одлука?' Зашто би је било? Ко је рекао да... Сада, сутра или било када? Ја? То сам измислио јер нико не постоји. Зашто би неко расипао реч-тескобу у сваком дану? Сигурно сам само ја, једино сам то ја радио, али зашто?”

Погледом је дотакао умазани прозор. Трајало је. Неке ретке, ситне капи... Стакло је било сјајније, чистије... У даљини, у мраку...

Празнина празнине

У данима потамнеле празнине, чули су се тихи звуци бледе празнине. Стидљиво као тачкице, бледели су по оронулим, набујалим буђима потпуно тамне празнине. Мирис празнине, звук празнине, обојеност празнине и... Дуги ходник, који је нестајао у празнини. Неприродна тишина успаваности, омамљена гомила празнине и празно време. Празно и заустављено.

Празни ружичњаци набујали до тачке празнине, која се пружала ка затвореном небу. Опасане празне зидине, скривени празни трагови угаслих стаза и затворена празнина. Под земљом која се није осећала под теретом празних покрета...

Празнина празнине испуњено је постојала. Живела је у испуњеној празнини. Надвладала је у скривености постојање. Клизила је као огромна змија и гутала је све. Једном, у сну, у ишчекивању јутра, прекрила је све, огромна неман!

Немирни снови и ретка буђења. Крадљивци светлости, који су бежали кроз расквашену траву од росе. Призори непразнине, заборављени и...

Одјеци песме корака, и пробуђена згажена светлост...

Непразнина... Избрисана празнина... Мирис уклоњене буђи...

Лажна нада и један испрекидани корак

„Сада је доста!”

Снажно, стиснутом песницом удари по столу. Толико снажно да све на столу одскочи, чак два пута. Све се растури испод силине беса, откотрља. Неке ствари одјекивале су по поду уз непријатан звук изненадне силине. Још једном замахну руком, али тај нови удар, заустављен мишљу само окрзну ивицу стола, остављајући за собом бол и црвену боју коже.

„Превише јееее...”

Грубо одгурну сто и бесно одскочи. Иза његових леђа, остала су грубо затворена врата у одјеку и плес сенки по зиду, уплашене тачкице, налик рупицама које се отварају.

Дуго је шетао. Намерно, бесно и са жељом да бесмислени поноћни излазак оправда себи. Кружио је, сваким новим кораком издуживао је круг, сваким бесним покретом удаљавао се од тачке коју је мрзео. Тачке, којој би се у хлађењу врелине враћао...

„Зар...”, одмахну руком од себе у празну ноћ, као да зауставља клизање бесмислице са усана. Знао је одговор, он не постоји и мучно је. Рашири руке као да жели да покупи слова која су одговор, али брже-боље, спусти руке, свестан бесмислене патетичности.

„Али... Опет, опет ја започињем муцаво трагање за одговором. Ужасно је и болно, колико празнине у себи носим... Празнине, која се не може отргнути од окова, која не може да једном и заувек призна... Мучно, тек ретке ноћи не доносе тескобу... Потпуни идиот сам, слепац који не види... И ова узаврела, луда глава која из ноћи у ноћ исијава бес... Зашто? Не могу да се ослободим питања-окова...”

У празном праћењу корака, као у ходу по поплочаним путоказима, сужавао је издужени круг. Кораци унутра, несвесни, непрепознати, приближавали су га... Довољно дуго бесцињно лутање, спласнули бес и привид, без грча на лицу, у покрету...

Изненада и суманут, снажно удари дрвену таблу... По лицу се сливало „задовољство" искаљеног беса... Тај пријатни звук у уху, пуцање трулежне трулежи... Распадање безначајног, неуклоњеног комада... Крвавих, сјајних очију, израза лица задовољства, силина дивље снаге која посматра „побеђеног"...

„То је то."

Кратко, са смирењем и задовољством још једном презриво погледа рушевину.

„То и само то, у сваком будућем тренутку. Превише је лажне наде. Пробуђеног и изазваног гнева... И тај корак, још један..."

Чврсто се руком ослањао на ограду степеништа. Успорено, корак по корак... Присећао се... Ретких непресликаних ноћи, предаха између...

„Прослава" скривене тупости

ОН је презриво погледао... Подсмехнуо се себи у невиђењу, прекрио... окренуо лице и погледао сенку на зиду... Искључио је светло у раној вечери и убрзо је заспао.

У идентичном положају, наспаван и одморан, подигао је себе, у 6.00 сати пробуђеног јутра. Лако и без напора, одвојио се од постеље и уз певушење, започео је, рутину прекинуте рутине...

Испод раскошне крошње најстаријег стабла, уживао је у одмакнутом кораку сунца. Складно, у ритму, затварао би и отварао очи, будио се... Оронулој грани, тик изнад главе, шапутао је неку скривеност. Чак се и осмехнуо.

Клизио је по расквашеној стази, замишљен, израза лица које премишља, подсећа се, начас прстима једне руке додирује другу, броји?

Нејасно му је, застаје на степеништу, корак му клизи у повратак, назад до... Несигуран је и ломи се, да ли или да ли?

Изваљен на фотељи, прекрива лице, повремено посматра оно прекривено, заборављено... Стргне прекривен поглед, нагло крене, устукне... На почетку је...

Звук мотора, хучи кроз досадну кишу. Опрезно се осмехује, нада се или зна?

Удобно му је. Пријатно се осећа прекривен паучином. Поглед је чврст, фиксиран, наслућује празнину која ће ушетати... Назире је како у најезди прескаче капи... Кораци ничега, одјекују улицом и све ближи су...

Сија. Радостан је, неми глас одјекује, радосно мноштво клизи, стапа се...

Киша не пада. Не види је у згуснутој тами... Ћути и... Не одговара себи на питања себе иза себе. Не дозвољава да прекине се испуњеност.

У истом положају... Тек који минут склизнуо је испред 6.00... И ветар је... Устаје.

Поспаност, умор и (не)постојање

Спреман. Чврстог става тела, посматрао је... Одраз у огледалу. Назирао је изглед у полумраку. Заузео је став, чвршћи, непознат, спреман да изненади... Снажан и прецизан ударац, огледало које вибрира и... Одраз је стајао мирно. Непомерен, недодирнут, незаинтересован.

„Нисам га...", шкргутао је зубима. „Овај покрет. Годинама сам спремао, из дана у дан, довео до савршенства, скоро и... Огледало сам поставио у најтамнији угао, спремио изненађење и ништа! Само клизи прашина са огледала, улази ми у поглед, мирис, изазива ми кашаљ и ништа!"

Проверавао је закључаност ходника, скоро одвалио кваку све да наруши... На крају, под умором, одустао је, одшетао у осветљени кутак и сасвим миран, запалио је цигарету.

Одмакли кораци времена, за које није био сигуран колико су измерени, провео је у звиждуцима. Делови мелодија за мелодијом, насилно прекидани после неколико тонова... Покушаји лица да изгледа другачије, изнуђена и усиљена раздраганост беса и...

„Изненадићу га." Нагло поскочи и започе плес. „Сада ћу га изненадити. Заувек завршавам овај чин. Поспан је и уморан. Не очекује... Пришуњаћу се, претворићу стање из змијоликог пузања у скок! Даааа, вечерас, сада..."

Иза закључане затворености, у потпуној тами... Одјекнуо је снажан прасак. Одјекивао је. Натопљена шака, скупљала је лепљиве капи. Осећао је мир мрака, био је сигуран и...

Испружено тело, поспано... Повремено би отварао око... Умор је био хладне капи... НЕ(постојање) је постојало!

Дуго вођене белешке

Ведар и насмејан, прелетео је простор, лагано откључао лимену кутију, обрисао свежу прашину, закључао и... Осмехнуо се сунчаном дану и весело одшетао.

Скривен иза прозора, прекинуте мисли коју је случајни поглед пробудио... Корак по корак, гледајући сенку која нестаје... обрисао је крпом мокру лимену кутију... Незаинтересовано и успорено, отворио је скривеност празнине... Изразом незачуђености закључао је, одложио мирис запуштености да снива.

Јутро је посебно хладно, не памти такво јутро које је избрисало покретне слике. Било је некада, једном, два пута и то је све у памћењу. Шкрипа корака, пробудила је празни поглед и нестала је. Назирао је трагове у вејавици и... Није похитао да иза себе остави одшкринута врата. Промрзлих прстију, отресао је беле наслаге са лимене кутије и није заборавио да... Знао је да иза звука ломљивог кључа не крије се...

Неко је снажно куцао на врата празнине. Одговор није одјекивао. Још неколико пута снажни ударац, али тишина је живела иза скривености. Ћутала је.

На прагу, под отопљеним снегом, разливала се зелена река. Испод смрзнутог омота, постојала је помешана разливеност и ништа више.

Лимена кутија скоро да је додиривала земљу... Из ње висили су терети скривености...

Ето тек тако

Поодмакло јутро, скоро дан, тихо са мирисом туге, подвукло се под капке. Сетни тактови музике без речи, дуги звуци... Стидљива слова која не значе мисао, (не)написано и један трзај. Саосећање и кратки поглед.

Широм отворени прозор светлости, уточиште за одбеглост и одбаченост... Загрљај празнине, који скрива празнину. Благо сунце у зениту и осећање...

С времена на време, тишину испуњености, преливала је музика сете. Одбеглост у уточиште сна, у коме се пробудило незамисливо и жељено...

Кратке празнине обимне повести, стале су у клизању сунца које се скривало у видљивом путовању иза друге стране дана.

Ето, тек тако... Бесмислица која не значи много. Избрисаност нежеље и...

Сунце је сасвим нестало иза пловећих облака. Прозор се затварао, не сасвим, тек тако... Ето, одјекивало је и плесало по осенченом зиду...

Ноћ је била пријатна и мирна... Ето, тек тако... Мисао бесмисленог тренутка, иза заувек тачка и...

Ватра и(ли) лед

Позна јесен угашене врелине, натопљена ситним капима...
Мост у оку, зид у мислима и жеља... Пробуђена из угашености,
скривености и дуге чежње која је путовала са ледених врхова.
Замућени поглед, маглом натопљен и...

Одсјај једва видљиве месечине над тамном реком... И ветрови
који су клизили котлином... Смрзнуто цвеће и тршчана обала у
погледу скривања, и бескрајно, дуго убијана жеља...

Мост се купао у реци и оку. Сјајан и скривен у магли и...

Оронули, напуштени мост, који су ретки прескакали границе,
сјајио је старошћу. У левом, затвореном оку... Десни поглед, вијугао
је кроз невидљивост, далеко од границе недозвољености.

Прећи границу???

Порушити зидове???

Покидане казаљке

Као бубањ, снажно и узнемирујуће одјекивало је. Иза осенченог полулица, кроз ходнике скривености, бујица-мисао, тражила је одговор... Сада, на корак од склизнућа, шта би сада?

... Ништа, јер прекасно је... Ништа, јер узалуд је... Ништа, јер... НИШТА није важно, сада, у склизнућу, на крају или пред њим...

Дивља сила, покидала би... Искривљене од дотрајалости казаљке... Заустављено, створен привид... На тренутак, на више њих, заувек не!?

Спласнулост бледим сјајем буди, сећа се... Несрушени зид и непрегажена бујица и...

Бубањ је утихнуо. Иза сасвим скривеног лица. Откуцавали су звуци тишине. Плес покиданих казаљки, склизнуо је.

... Нешто је било ништа. Ништа је потврдило себе...

Спирални лавиринт

Очи су стидљиво избрисале јесен. И ситну кишу. Осмехом који то можда није, исписале су скривену жељу.

„Желим да... И ти желиш... да...”

Ватрена стрела, зацелила је жељу и...

„Мост. Не може бити порушен, али кораци ће... Ни зид. Мада склон паду, неће се јуришом прегазити. Кроз отворе нарушености, само ће се провући тело и потрчати у нестајање...”, замишљао је реченице кроз рупе између облака. Последњи и први бег...

Задовољство осмеха препознавало је... Радосно је уживала додирујући, хладну и лепљиву ограду моста. Мирис задовољства и олакшања и маглена слова у невидљивости.

Сјај младог месеца, плесао је на кори модре реке. Топла је зимска ноћ. Блага и сањива. Кораци су неспретно укрштени и плешу. Нетакт немузике, али неважно. Ноћ се умива у месечевој роси кривудавих стаза.

Негде, између два буђења, кључ је нестао. Шкрипала је зарђала брава под насртајима снажних и немирних руку...

Наслаге леда отапале су се са ограде и... Река је бујала, а сенке су нестајале...

Упорно и систематско размишљање о (само)убиству на напуштеној железничкој станици

Пажљиво је осматрао околину скоро напуштене станице. Иза магле и смога, назирала се зграда, или облик који би могао бити... Са десне стране, у обрнутом смеру од одлазног колосека, мало даље, довољно удаљено... Куљао је дим из порушеног димњака... Остатак или избледела фотографија, датума, године која је заборављена... Сећање последњег, умирућег, заборављеног или одбаченог...

Сат који није видео, заостајао је под теретом времена. Сасвим довољно за прегажено време. Ред вожње, закачен са леве стране улазних врата... Одлетео је у ноћ, покидан, покисао и исушен од јарке врелине...

Угашена светиљка и неми звуци зарђале пиштаљке ћутали су. Ни он, ходач с једног краја на други, вешти илузиониста који дочекује и испраћа сенке, није ту.

Само он је ту. Намерно, случајно, избором, бекством или... Посматра. Посматра. Ишчекује... Пажљиво и дуго припрема избор и... Закључава разваљена врата и кључ пуца у ваздуху. Заглављује празнину и рупа опкољена огољеношћу, зазидана је. Херметички затворен простор скучености. Тескоба измерена погледом...

„То је то. Празнина, тескоба и мирис пада, и препуна пустош... То је. Идеално место које су мисли пронашле...“

Ветар је... Иза њега остају звуци срушених, шупљих комада цигли... На трећој траци са обе стране... из мрака и ка њему... Нестрпљиви путник краде време и... Сирена се не чује...

Бегунац

Бегунац се спремао да побегне... Сасвим сигуран у смелу и коначну одлуку. Прекрио је облацима прозоре, згуснуту сиву пару, распоредио је правилно, преко целе прозирности и видљивости. Закључао је светлост изнад крова и кључ је... Држао га је не сасвим стиснут, продужио је тренутак, више њих, да рука... упути последњу заповест мислима или обратно...

Зауставио је себе, време, све што је могуће или не, зауставити... Подигао је руку у буђењу, није замахнуо. Само је провукао, кроз згуснуту пару, раширио је длан и... Вратио је руку, и стиснутом шаком препипао је слад, да ли дише „испуњеност"? Дисала је, призор је био сличан пређашњем и(ли) је личио...

Бегунчев поглед, снажан, незатворен... Претрчао је наталожено време, дотакао је зидове скривености и... Поглед је откотрљао мисао уму. Корак ближе бекству, иза невидљивости, иза познатог, у непознато је спреман и... Порука? Макар и празна, оставити је?

Сасвим довољно изгубљеног времена и празних сећања је. Последња пакост, освета, нека је сувенир који остаје иза...

Бегунац је скривао кључ у џепу, неки други кључ... Спустиће га у скривени сливник. Прљава вода набујалости у буђењу ће...

Иза бетонске сенке, изненада нестали су кораци... Бегунац је...

Опис једног тренутка (плес по паучини)

Он је био ту. Баш ту и тада. Или, није био ту? Сви су га одсутним погледима запазили. Не, нико није са сигурношћу могао потврдити да он је био ту и тада. У исказима једне за другом сенке, које су заузимале место и брже-боље одлазиле са климаве столице... Ниједна од њих није могла потврдити опис у одсутним погледима.

Дуго је седео, ћаскао, замењивао облике којима би кроз капи, дим и одсутност поклањао речи. Поклањао је и плес погледа, чудног и сетног, а ипак веселог и живог. Поклањао је и несклад руку и... Дуго је одлазио. Неколико пута на корак од, враћао би се, довршио би недовршено, започео би незавршено и... Сигурно је био ту. Мноштво сведока који су се смењивали у покретима то могу потврдити! Али... Ипак, није био ту и тада. Ни данима пре, као и у оним који су следили. И више никада, бар тако би одсутни могли изрећи, он није...

Оловни кораци вођени непозатом силом, хитали су. Он, био је ту, неколико корака под земљом, где светлости има сасвим довољно за илузију. Плесао је по свеже исплетеној паучини, наталожено с времена на време би обрисао и изнова у мемљивом кутку, био би заробљен. И ослободио би се и тако и... Избрисаност је памтила и брже-боље би заборављала и тако...

Одсутност је макар и несигурно запамтила силазак. Боравак. Али одсутност рођена из страха и несигурности, није запамтила последњих неколико корака. Крунски доказ. Последњих неколико корака и после свега, никада више.

Он није био ту. Оловни кораци вођени непознатом силом, нису били довољно снажни да... Он! На празној климавој столици, погледа упереног у другу празну столицу... По свеже исплетеној и густој паучини...

Путовање немих (зашто и не знам)

Некако, довукао се до стола крај врата. Имао је осећај да ће га лева нога издати и да ће пасти, али на срећу то се није догодило. Брзо је заузео столицу и руком је прекрио штап, а ногу испружио испод стола не желећи да било ко зури у њу.

Ћутао је и посматрао госте кроз дим станичног ресторана. Између два гутљаја чаја посматрао је лица присутних и с времена на време погледао би на сат, мерећи време до поласка воза. За многе погледе који би прошли кроз или крај њега, деловао је смирено и сасвим опуштено. Али он најбоље је знао колико нестрпљења је у њему и да седи као на иглама ишчекујући тренутак поласка.

Одједном, нека необична жена привукла му је пажњу. Седела је неколико корака даље и он могао је посматрати скоро сваки њен покрет, а чинила је неуобичајене покрете, баш као да жели да привуче нечију пажњу. Кружила је руком, као да испред себе исписује речи, у паузама између њих учинила би неки нагли покрет главом или као да замахује руком спремна да испали хитац...

Један од погледа, можда је уперила и ка њему, задржала га, посматрала. Није све било сасвим јасно. Чак помисли кроз узнемиреност, подстакнут чудном игром, да можда њен лик је познат. Али брзо би са сигурношћу одбацио такву могућност.

Топли купе, мрак иза прозора, идеално за сан, да скрати време до последње тачке путовања. Дремао је и сањарио. Из започетог сањарења пробуди га грубо отварање врата и кораци који су се чули... Она, збуњујуће, непријатно, прва мисао му је да мора поделити трајање времена са њом.

Упорно и грубо фиксирала је његов поглед. Ћутала је, али та и таква тишина могу само наговестити след необичних догађаја. Он је узвраћао погледом, али нимало упорног погледа попут њеног. Одлутао би, померио поглед у неку другу тачку и настављао би даље. Али њен поглед се све више осећао, будио је нервозу и он оштро усмери свој поглед ка њој. Толико непријатно да је успео, да је поколеба и да најзад одустане од свега. На тренутак учинило се, да су постигли прећутни договор, прихватиће постојање оног другог правећи се да оно друго не постоји.

Путовање је започело. Досадни и спори кораци воза и повремени кораци низ ходник били су једина сметња тишини и досади.

Чинило му се да заспала је. Посматрао је лице, покушавао је да проникне иза скривеног погледа да пронађе скривени детаљ. Размишљао је ко је ова чудна жена, колико тешка судбина иза ње је. Ко је она? Који су трагови који су у њој?

Одједном нагло отвори очи... Изненада, као да све време посматрала је сваки његов покрет и чекала тренутак непажње. Левим оком прострели штап и поглед поче клизити низ њега и на на крају тај поглед није се померао са храмајуће ноге...

Наглим покретом десном руком као да показује у његовом правцу. Започе исписивање кроз ваздух, слично оном у ресторану, само хитрије.

Израз лица као да је постављала питање, ко си ти? Шта сам ти учинила?

Гледао је кроз њу, као да одговара, не знам о чему говориш.

Рука је и даље исписивала, учинио си то. Освета, твоја освета и мржња покосиле су ме.

Осмехивао се, као да глупост опија... Осмехом исписивао је... живео сам за тај тренутак... Штап је ритмично плесао.

Змијски трагови

Сиви зимски дан ретких ходача. Право време да мисли испуне кораци по смрзлој земљи. Осећао се пријатно, пратиле су га речи које су угасиле немире. Све мучно у призорима, није примећивао. Збунило га је, како да исто или слично, мисли могу обојити и да дубока празнина може бити сунчани дан.

...не, није могуће... морам нестати... то је глас са врха крошње. Глас реже облаке и птице се скривају у ниском лету над стаблима.

Воли то стабло. Смрзнуто, голо, скоро без живота. Штрчи у мору спаљене трске, не да се. Своје поштовање према њему сваки пут поклони, захвали му се и побегне даље. Са лакоћом претрчи модру реку... Хода по змијским траговима и тишином смирује бес.

...не могу... влажна жеља... и ватра... са муком обуздавам себе...

Ход је убрзао кроз згажену траву. Ослушкивао је и очекивао глас, али то није глас и...

...заустави тај проклети бег... Постојим. Постојиш. Не остављај ме!...

Из магле рађао се облик покрета. Скривен, несигуран. Далеко од модре реке скупљао је мирисе магле оближњих брда. Кроз крошње погледом додиривао је ободе скривеног града. Умором гасио је бес.

...причај ми... недостаје ми тишина твог гласа... осмех који то није... Очи сањам их. Убијаш ме... Страст се распали на врелини твог леда...

Иза последњих речи, остала је само... По ко зна који пут, сада последњи? Непредвидиво, ненајављено, бегунац је избрисао...

...захвална сам... одшкринута врата си оставио...

Несређене, збркане мисли без одговора и израз осмеха који није. Без страсти, само хладни празни поглед...

Бегунац је за корак избегао да га почисти возило. Није чуо крике сирене и шкрипу гума.

„Пожуриииии, питање живота је”, вриштао је болничар крај постоља.

Ловац је мирно испијао последње капи из флаше.

Зној је капао по крвавим, отеченим рукама.

Очи није имао.

Шкргут је био глас из дубоке тамне рупе.

Илузија о сну

Није имао много. Имао је мало или довољно или имао је и превише. Остатке себе, последње избледеле сенке које је чувао. Имао је прегршт сећања, и уморне ноге са многих незавршених путовања. Памтио је само сва затворена врата кроз која није прошао. Све преостало, стало би у хронике бекстава и нечитке белешке.

Мирис хладне ноћи је пријао. Модра река скривена иза ретких стабала клизила је кроз делић откинуте ноћи. Довољно је.

Она је била изненађујући дар. Осмех њен био је нада. Украдени дани били су путоказ. Сваки случајни сусрет био је корак ближе сну. И гајена илузија у блиставости била је отимање од смрти.

Бегунац је све мање бежао и скривао се. Круна од леда нетакнута је. Ловац је успаван и сан се није претворио у прах. Ни уже за вешање, није више мера живота у погледу. Илузија о сну. Слатки отров.

Ловац је у дивљем плесу. Замке поставља и вреба. Круна од иња и леда истопила се и испуцала земља прогутала је воду. Бегунац скривен, ћути. Метак којим је окрзнут чува.

Врелином ноћи купа се. Мржњом буди се и живи. Ишчекивањем и стрпљењем храни се. И не верује залуталом гласу који кружи. Вешто избегава замке и замишља, сања, ишчекује. Илузија о сну.

На губилишту дивљине, испаљује реч-метак. Више пута испаљује. Крв сасвим споро клизи из вена. Умирање у агонији, споро и болно, широког погледа. Илузија сан?

Кад човек прочита нову збирку кратких прича Владимира Радовановића *Одсјај изломљених погледа*, ако није упознат са његовим претходним делима, може остати забезекнут. Наиме, у својој новој збирци Радовановић је, експериментишући језиком, надмашио самог себе. Он се тако спонтано поиграва с речима, синтагмама и реченицама као да плеше и при том плесању сијасет екстатичних тренутака преноси на гледаоца, у овом случају читаоца. Ако му је био циљ, да читаоце, наравно оне пробране који уживају у конзумирању сласти језика, доведе до усхићења, у што нема разлога сумњати, мора се признати да је у томе успео. Кад сам прочитао називе појединих прича из збирке о којој је реч, као на пример: *Неподношљиво постојање, Између илузија и илузије, Авети, сабласти и искушења, Неподношљиво и поновљено, Путовање у путовању, Сасвим обично, необично питање, На крају свега, ништа...* прво што ми је пало на памет биле су *Приче које су изгубиле равнотежу*, збирка прича Станислава Винавера, ненадмашног виртуоза српског језика.

Заиста, читајући нову Радовановићеву збирку прича, упућени читалац се, иронично, пита: ко је ту изгубио равнотежу? Писац или читалац. Наравно да одговор гласи: ни аутор, ни читалац. Међутим, проблем је у томе што „обични” читаоци то неће разумети, јер воле само „питко” штиво, а у причама Владимира Радовановића то неће наћи. У њима се, слично као у песмама Лазе Костића, укрштају: сан и јава, видљиво и невидљиво, постојање и непостојање, жеља и страст... Мартин, наративни субјект, овде је растрзан због, наизглед, бесмислености своје егзистенције. Али у овим причама, и поред присутних егзистенцијалистичих момената, доминира психолошко портретисање наративног субјекта, у чему је Радовановић више него успешан, што потврђују и лирски пасажи, вешто уметнути у ткиво прича. Дакле, приче о којима је реч су само на први поглед мрачне, „болесне”, „ишчашене” и сл., јер њихов јунак живи заробљен у „паклу”, које му је наметнуло друштво у најширем смислу те речи, а он само жели да се ослободи тог „оклопа” и, фаворизујући дионизијски принцип, слично Ничеовом „натчовеку”, живот, овде, сад и увек, живи пуним плућима. Дуго би ме одвело навођење лепих и успешних места у новој Радовановићевој збирци прича, па остављам литерарним сладокусцима да их сами пронађу и уживају у њима.

Др Владан Д. Јовановић

МАРТИНОВО ПУТОВАЊЕ

Ако смо након *Еуфорије и пада кишних капи* и *Месечеве улице*, очекивали да трећа књига Владимира Радовановића изађе из оквира сажетог израза који из наратолошког прелази у поетске фрагментиране стилизације текста, где ће радња напокон добити своје место у тексту, то се са његовом новом књигом није догодило. Напротив, *Одсјај изломљених погледа* врхуни још сажетијим изразом који овог пута долази до потпуне поетске метафоризације и мистификације описаног. Читалац ће у стилу, поетици и написаном препознати ауторство Радовановића, а остаће изненађен лепотом написаног која иде ка поезији. Безмало, можда бисмо *Одсјај изломљених погледа* могли назвати и одредити као поетски роман.

Овај романескни рез, кружном структуром, ту где реч убија као метак, у неодређеним просторима шуме и улице, упознаје нас са Мартином, раније је то био Виктор Дисмас, дакле сада са Мартином који се карактерно не разликује од Виктора, штавише, могао је то бити и он, и са Мартиновим сомнабулним стањима, стањима свести, подсвесног, разлучених облика и сенком — као основним мотивима и елементима на којима је заснован литерарни опус писца Радовановића. Поетским насловима који иницирају поглавља ове књиге, усмерена је пажња читалаца на симболичке и метафоричке димензије текста као да је сваки фрагменат „одсјај изломљених погледа” — одлично искоришћена синтагма којом се иницира разбацаност визуелног идентитета текста која је у складу са разбијеном структуром књиге.

Ко је Мартин? Он је путник између илузије и илузије, окован аветима, саблазнима и искушењима, између буђења и сна, постојања и нестајања, негде иза стварности... окружен избрисаним људима. Овде је вечност била јуче, а дани нису живели... овде је празник

— празник мрака... низ улицу се хода непостојећим обликом... Понекад се догоди искорак: „Убрзани и бесни, немоћно љутити корак, покрет бржи од успорених у сударању. Исто или слично време, доба.” Али и он је само „остарело време прогутаних година, још једно понављање бесмисленог трагања”.

Мартин је неко ко је живео „вијугаво, искривљено, скривено, али са надом и огромном жељом. Горућом страсти?! Сопствену и исконску сумњу је одбацио, оставио је по страни, чврсто решен да овога пута мора бити до краја или никако. Започео је путовање, путовање повратка или суноврата.” Његово путовање траје кроз дане који су „цурели, бледели и нестајали”, гутани врелим вечерима, спирани снажним пљусковима, нису могли да га спрече, нису могли да га наведу да одустане. У унутрашње путовање кренуо је са осмехом. Иако „исконски он, одустао би у давно заборављеном тренутку, после неколико подвала, али пробуђен он не одустаје. Зна и сигуран је, чека стрпљиво. Искривљена раздраганост одбацила је све насртаје уобичајености. Некадашњи он, упао би у дубину туге, затворио би очи и патетично туговао, али нови он осмехује се са презиром, инати се, води борбу и не посустаје.” Његов ритуални плес у ствари је плес душе: „Заустављајући плес, подигао је поглед, посматрао, продужен тренутак је трајао и најзад... Израз среће, исконске среће.” Мартин је неко ко прелази пут од депресивног до срећног човека. Од хромог, човека у блату, до онога који плеше на киши. У кругу свог путовања, нуди један психолошки моменат читаоцу који се разлива из изломљености у сабрање лика па поново растаче у низ кишних капи. На читаоцу је да изломљено састави и чита по својој инерцији откривајући скривена значења књиге.

Књигом *Одсјај изломљених погледа* Владимир Радовановић потврдио је ону познату мисао да „ко тражи споља — сања, ко тражи унутра — буди се”. Самим тим, овим штивом, које би могло бити део трилогије, јер не одступа од поетике претходних књига, још једном смо позвани на путовање унутра. И то не само у унутрашњост Мартина која је сва као од стакла, већ у унутрашњост разлученог текста чије елементе и њихове одсјаје треба изнова саставити. Можда кроз ритуал читања? До израза среће, исконске среће.

Милица Миленковић

УСТАНАК ИСПОД ТОЧКОВА, ПОСЛЕДЊИ КРУГ

Како већ често бива у свакодневном животу, познанство са писцем Владимиром Радовановићем догодило се случајно, започело спонтано, а наставило разменом штампаних књига и рукописа, другим речима, удружили смо речи и дела у жељи за што већим бројем читалаца. Владимир ми је једном отворено рекао: „Борим се као лав за сваког читаоца”.

О његовом рукопису *Одсјај изломљених погледа* писаћу посве лично као читалац који и сâм помало пише али без намере да се тиме оградим од наивног или нестручног тумачења, напротив, писаћу искрено. Ризиковаћу да једно изванредно дело успешно или мање успешно препоручим потоњим читаоцима јер другачији приступ не би био поштен а ни очекиван од стране аутора.

Наставак путовања иза *Месечеве улице* која ме прва беше одвела у невероватне лавиринте душе Виктора Дисмаса, кроз сплет сличних али још комплекснијих прича и појаве новог јунака Мартина чулних перцепција и запитаности, стигох до одморишта на коме је потребно предахнути, удахнути и дубоко, дубоко поразмислити о доживљеном...

Владимирови јунаци немају физичка тела, нити лица. Интресантно је — нису ни потребна за интензитет доживаја посетиоцу њиховог света који, колико год да делује скрајнуто, на граници схватљивог и стандардног — веома етерично буја и неосетно увлачи у себе на начин каквог подземног или подводног, екстремних дубина.

Често сам остајала без даха на тим дубинама. Владимиров наратив је чудесна језичка ризница којом он мајсторски управља, облапорно делећи језичке бравуре, фигуре, слике и кованице, нештедимице поклања златне и црне метафоре да би му увек остајало више него на почетку — за нову причу, ново даровање или „нове странице бекства из зачараног круга", како сâм каже у једној причи. Говорећи о најтежим стањима душе која се „тали" са доживљајем реалног као јединог признатог, аутор артистички балансира на ивици морбидног, држећи правац чврсто у свом перу попут кормилара стаменог брода, не дајући да причање склизне у халуцинацију или скрибоманију, чак толико вешто да у неком тернутку уплови у чисту поезију:

„Ловац је мирно испијао последње капи из флаше.

Зној је капао по крвавим, отеченим рукама.

Очи није имао.

Шкргут је био глас из дубоке тамне рупе."

Рупа је, иначе, честа појава на путешествијама Владимирових јунака али их они, мимо очекиваног, не заобилазе већ, напротив, зарањају и откривају нам читаве микроуниверзуме по цеповима и минијатурним шпиљама, маме нас да и ми завиримо у ту оностраност одагнавајући страх од истог не би ли га упознали и тиме га чинећи разумљивијим, уче нас да не бежимо логиком вођени. „Немој умрети бекством!", изговара једна од Владимирових јунакиња, борећи се за останак остатка љубави, за идеал, за илузију у Мартину а против мазохистичког нагона једних болова против других у некаквом привиду излечења; и љутње изазване прекинутим бекством које је виђено као синоним за избављење. Чести покушаји бекства су истовремено и враћања на почетак, „јуриш на илузије", на проживљено, пропуштено, недосањано до стања полубудности које, пак, на крају изазове ход „низ улицу" и ламент над самим собом у болничкој постељи... на раздвајање тела на два бића: на оно које је пасивно и представља „свршено стање" и оно друго које је активно у опсервацији, које наставља да пати и објашњава ново стање, гради се, и гади се издизањем изнад физичког али ликује победом над боловима болесног меса — „Измицао би да неко, било ко, не осети постојање." То измицање је парадигма целе збирке, заједнички именитељ свих кретања, физичких и замишљених, заплет и расплет радњи и умишљаја. Пролећа бујају у водене змије услед вести о великом губитку, заборављен број прегажених степеника, узалудних корака и сабласт узалудности еволуирају у вртлог и неминовност апокалиптичности без краја, без спаса... Точкови као метафора одласка у будућност али и повратка у рикверц, вертиго обртаја уклетог круга који може приближити срећу али и гурнути под себе на цесту, нерешива енигма ко је завршио у скаламерији фелни у крви — прогоњени или прогонитељ... Зидови, један по један рушени с извесном примесом лакоће док не дође последњи, и питање да ли је уопште зид постојао или је све време само симбол, макета изгубљене наде... Мостови, са сличним циљевима и промашајима — велика очекивања и недешиви сусрети, освајање празнине... Кавези, ограничавајући у слободи кретања, ометајући у трајању страсти између мушкарца и жене, на пример, измишљени да изазивају збуњеност, одбијање, попут погрешно наелектисаних честица у физици, јачих и слабијих: „Зграбиће га, подвући под тело у нестајању, оживеће га.” Или убити, додала бих ја у слободној интерпретацији на коју, претпостављам, свако стиче право након читања, слободан у сопственој имагинацији. На крају, аутор нам то и имплицира својим пресеченим реченицама и остављеном могућношћу да сами довршимо режију, буди нам машту, инвентивност, у богомданој мисији коју писци вазда имају за задатак.

„Зазидана скривеност отпадања, рушила се...”, констатује Владимир или Мартин или неко треће лице стопљени у једно (које увек говори из првог) изазивајући дубоку запитаност како решити тај ребус од изреченог и много више неизреченог? Зар није та једначина применљива на свакодневни живот са истом непознатом, или управо произилази из њега, са свим својим страхотама? Зар не чинимо управо то што аутор напомиње: зазидавамо своја опадања и пропадања, стидимо их се, гнушамо, заборављамо тако опасно малигне по неким тужним шупама душе? А онда дође до крова, до гуше, нема више куда осим у експлозију, у тотално разарање. Тада нам страдају и доброте, и лепоте, и све оно што нам је појавно још очувано. Оно што претекне, учествује у „прослави скривене тупости”, лечи се у „пријатности прекривено паучином”, скупља белешке, трице и кучине својих неуспеха и чежњи у лимену кутију са које крпицом брише прашину, ригидно и одсутно, заборављајући на време. Јер, за то време су и часовници имали своју аферу са центрифугом бубња, попут удова су поломили казаљке, престали да мере време путовања а самим тим и очекивања.

Израњављени путник, у овом случају, хроми мушкарац са штаком, креће на своје последње бекство, осрамоћен неуспехом одлази сâм, спушта тајни кључ својих разочарања у сливник и седа у воз. Не жели сведоке, макар они били познаници, не жели речи, решења, кључ је већ бацио. Можда жели смрт, можда јој је кренуо у сусрет, можда се нада да ће га усмртити само путовање својим пространством и неумитном пролазношћу времена... Можда ништа од тога неће, могуће да ће само пресести на некој станици у други воз и отићи у неочекиваном правцу... Моје прогнозе су да ћемо га срести у некој од следећих Владимирових књига. Чекаћемо да „окрене” последњи круг.

Тања Ђурђевић

Драги љубитељи моје депресивне прозе (а и они други),

Пред вас износим своје ново дело, *Одсјај изломљених погледа*, пету збирку кратких прича. Збирка се родила између два романа, једног који живи и другог који ће се родити. Наравно, она је хроника бекстава и бесмисла, на то сте навикли.

Кроз ове године које су иза нас, упознали смо се прилично добро. У међувремену ништа се ново није догодило, и даље нисам миљеник званичне верзије. Нисам склизнуо у комерцијалну бару и немам се чиме хвалити у набрајању успеха. Баш депресивно! Прави тренутак да се одустане од рада?

Али, постоји велико али... Ви сте ту, мој ветар у леђа, моја снага да не одустанем и не желим да вас разочарам. Нека је ово путовање и мазохистички плес, настављам(о) даље, а нека ја будем пример и осталим анонимним попут себе да наставе борбу.

Неће вечно „сијати" узгој укусних животиња, неће теткина „дечица" гребати се о вас за велике тираже. Неће ни цариници затварати очи док им се у биографије исписују „величања". Неће ни „мудре" барбике ведрити и облачити. Долази крај. Мора доћи.

Владимир Радовановић (Виктор Дисмас),
хроничар бесмисла

Владимир Радовановић
ОДСЈАЈ ИЗЛОМЉЕНИХ ПОГЛЕДА

Лондон, 2025

Издавач
Globland Books
27 Old Gloucester Street
London, WC1N 3AX
United Kingdom
www.globlandbooks.com
info@globlandbooks.com

Насловна фотографија
Eric Welch
(https://unsplash.com/photos/
ice-berg-on-body-of-water-VzEgZgibC5Y)